吐き気

フィクションのエル・ドラード

吐き気

オラシオ・カステジャーノス・モヤ

浜田和範 訳

Colección Eldorado
水声社

本書は、寺尾隆吉の編集による
〈フィクションのエル・ドラード〉の
一冊として刊行された。

吐き気 ★ 目次

フランシスコ・オルメド殺害をめぐる変奏

1

「それじゃ、話がまるきり違ってくるな」私は言った。

家は相変わらず、二つの小部屋にポーチ、木の生い茂る広いパティオ、アーモンドの木の麓にはセメント製の四角いテーブルといった装いだった。

陽光が枝葉の茂みの合間から射し込み、私のむき出しの腹を焼いていた。私はもっと陰の多い場所を求め、デッキチェアの位置を動かした。

「あいつはまずいことになってたんだ、何にせよ」チノが言った。「何があったのか、いつ命を落としたのか、てんでわからない。何度も考えてみたんだぜ、マジで……」

うだるような暑さだった。浜辺の方から時折吹き付ける潮風が涼しかった。

「ココナッツは全部切り分けちまうよ、いちいち立ち上がるのは嫌だからな」と断ってから彼が、山刀をギラつかせた。

私は氷を入れてウォツカを注いだ。大量に、汗をかきはじめていた。蚊が何匹となく我が物顔で飛び交い、朝の宴の支度にいそしんでいた。

「窃盗団同士の抗争だった、と事あるごとに考えてたんだ」と私。「信憑性もあるし筋も通ってる気がしてね」

「それは俺も考えたよ」

彼は三つココナッツの皮をむき、プラスチックのコップに水を注いだ。それから、セメントのテーブルの脇にあるデッキチェアに身を沈めた。

「お前の家族、週末は相変わらずこの家に来てるのか?」私は尋ねた。

「弟は、結婚してからぱったりだ。母親だけ、二週に一回な」

一口飲んでみると、絶妙な味がした。

「実際の話、パコはひどい有様だった」彼が説明した。「エセキエルのところに転がり込んだんだ、犯罪者しかいない豚小屋さ。だから窃盗団抗争説が出る」

空は文句なしの快晴だった。日射しでほとんど肌が痛かった。

「貝のカクテル、注文してこようか」彼が訊ねた。

そりゃもう。でもまずそいつを飲んじまいな、急に蚊の大群がやって来て、俺らのテーブルもパティオも、この無常の国も脅かしやがるからよ。

彼は隣の家まで歩いていった。そこでアジア風の顔立ちをした太りじしの女将《おかみ》が、海から採りたての貝で私たちのカクテルを作ってくれるはずだ。

私はとてつもなくリラックスしてきた。まるで始めの一杯と波の音、汗の滴る体が、不安感や、そこらの街角で起こりそうな銃撃を消し去ってしまったかのようだった。しかもパコの物語を詮索することで私は、危険はもう過去のもの、覚えはあれども古ぼけた匂いに過ぎない、そんな気になっていた。

「オイルを塗れよ、蚊にやられて酷いことになるぞ」彼が忠告した。

三杯飲んだら、太陽と塩辛い空気を求め、まずもってありえない完全な浄化を夢見て、浜辺に繰り出し横になるとしよう。

「一番流布してる説は、パコが殺されたのはマクドナルド襲撃を目撃して、強盗の一人の顔を見分けちまったせいだってやつだ」彼が付け加えた。「俺もその説をずいぶん長いこと信じ込んだよ。でもあとで気づいたんだ、あのメルセデスって女のせいで殺《や》られたんだよ……」

まったく、私自身も暇の極みでその仮説を嫌というほどいじくり回し、躍起になって政治色に染め上げ、病んだように話を作り込み、おそらくそうして自分がずるずると国を留守にしていたのを正当化しようとしていたのに、今になって別の真実が、全てのカギを握るというのに私がすっかり見過ごしていたその女よろしく、大股開きで決然と立ちはだかるとは。

「じゃあ、ゲリラに処刑されたって噂は?」私は食い下がった。

彼はウォツカを一息に飲み干した。

「ないだろうな。当時、軍が場末のエル・オヨを急襲して、何人か殺してね。おそらくパコが密告してたんだなんて噂が立った。ただの噂だ。ゲリラはそういうことで殺しやしない……」

女将がカクテルとウスターソースと唐辛子を持ってやって来た。

「俺はいつも、パコの件は政治絡みなんじゃないかと考えてきたんだ」私は打ち明けた。「エル・オヨ急襲の話も聞いた。でもゲリラに殺されたとは思わなかった。もっと複雑な話だろうってね」

そこで私は自分の筋書きを語って聞かせた。パコはうろちょろ嗅ぎ回った挙句に〈死の中隊〉と関わりを持つようになって、それで最初の犯罪、踏み絵を踏まされた、その犠牲者がちょうど知り合いの大工でエル・オヨの地元有力者、ルイス親方。だがパコは動揺した、怖気づいた。

「カクテル、もう三皿はいけるな」とチノ。「この貝、めちゃくちゃ旨いぞ……」

オイルを塗らなければと察した。あっという間に、蚊に右腿の一部を吸われていたのだ。

「震える手にピストルを構えながらルイス親方に向けて、でも撃てない姿が目に浮かぶよ」私は言いながらデッキチェアに体を沈め、話し相手に頭の中で銃を向けた。「パコはしくじった、撃てなかった。仲間たちに罵倒され、強要されてたのにだ。で中隊長がピストルを取り上げ、大工に一発ぶっ放した」

私は防虫剤入りのココナッツオイルを塗りたくった。蚊の大群も数を増しているようだった。

「パコは耐えられなかった。ブルって、吐いて、赤ん坊みたいに漏らした」私は付け加えた。「それが奴を殺したんだ。信用を失い、知り過ぎてたんで消しちまおうとなった」

サナテ〔北中米に広く生息するスズメ目の鳥〕の群が騒ぎ立てながらマンゴーの木に止まり、すぐにアーモンドの木へと飛び移った。

「殺されたのはあの女のせいだ」チノが繰り返した。「ただ俺が一番気になるのは、どうしてあいつがあんな最期を迎えたのかってことだ。強盗と暮らすなんてさ。きっと妙なヘマをやらかしたんだろうよ……」

これぞ腐敗。典型的な中産階級の若者が、野心を胸に坂道を登っていくどころか、どん底まで転げ落ちていったのだ。

「妙な話にもほどがある」と彼。「思い出してもみろよ。パコのやつ、流行のファッションでビシッと決めて、ブルジョワ友達とつるむのが大好きだったじゃないか。なのにあの女とくっついた途端、まるで地獄行きのキックボードに乗ったみたいに……」

「もう一杯飲んだらビーチに行こう」私は切り出した。

パコに関しては嘘がもう一つあったが、今はチノには話さずにおこう。時が塞いでくれたかどうか定かならぬ傷を掻き回すことになるかもしれない。名前はマルガリータ、パコの姉で、今は品のいい淑女、主婦になっている。だがかつて彼女は、永遠の求婚者だったチノのではなく、私の女だったのだ。

私に浮かぶ幻覚は、彼女は本人が申告するような淑女ではなく、ゲリラ兵で、彼女を追う軍と〈死の中隊〉がパコを囮に使おうと狙いを定めたが、彼は裏切るのを拒んだために殺されたというものだ。

「糞の黒々渦巻く海で嵐が起きるというのなら、英雄なんて無理な話」私は呟いた。

「で?」

「詩だよ」

「それよりビーチで飲もうぜ。この日射しじゃ、真っ昼間に海水浴なんてえらいことになる」

私は腰を上げた。パコの殺害から一〇年が経ったばかりだった。何だってこうも頭から離れないのか? 青春時代の悪友仲間、ただそれだけ。その思い出はノスタルジーというよりも病気、そこかしこで私たちを掠めた死の徴《しるし》だ。

私たちは焼けつく砂の小道を飛び跳ねるように歩いたのち、海を向いてビーチに腰を下ろした。

「おそらく事件の鍵はパコじゃなくて、エセキエルだ」私は述べた。

「あいつも数カ月後に殺されたよ」

そのことはすでに知っていたし、事前の想像通りだった。

「エセキエルは人を堕落の道に引きずり込む天才で、パコはそれに引っかかっちまった」私は呟いた。

サーファーが数人、砕けた波の付近で漂いながら、おあつらえ向きの波を待ち構えていた。

「入るか？」

「まずはこいつがぬるくなる前に、全部飲んじまうよ」私は指示した。「入りたきゃ入ってこいよ」

彼はグラスを掲げ、海へと向かった。彼の支配領域だ。大海原を何キロも泳げたのだ。私はあの流れが怖かった。砂浜に寝そべって太陽に対しあらん限りのものを、私のねじくれた精神に値するものを与えてくれるよう、慎ましく頼み込んだ。

一五分、あるいは三〇分ほども眠りこけただろうか。

「ひと泳ぎしたらどうだ」チノの声が聞こえた。

凄まじい日射し。エネルギー充填完了、そんな気分だった。ここは別の国、別の感情、死と恐怖ではなく生命のそれだ。私は波打ち際の、汚い泡の立ち込める辺りまで歩いた。

「あっちは流れが弱いぞ！」チノが叫びながら、私の右方向を指した。砂の上にひざまずいて、体も拭かず、水を滴らせていた。

水が私の膝まで届いた。広大さと未知の領域、自分のちっぽけさが、目と鼻の先にあるその水平線を描き出していた。私は足を引きずって歩き続け、やがて泡が腰に達し、ほとんど発育不全といった小さな波が胸にぶつかった。私はきっと、海に思う存分引き倒されるがまま、自分の体を預けていたはずだ。

2

「母さんはパコの部屋をそのままにしておきたかったの、煙草のケースが一面に貼られたドアも、カセットだらけの棚も、太陽系みたいなやつの真ん中に大きな目が描いてある天井も。可哀想な母さん、誰よりもあの子のことを愛してたのに……」

私たちは、戦争がやって来て思いがけず危険になった地域の、火山の麓にある彼の家のパティオで、豊かに茂るアボカドの木の下に座っていた。午後が息苦しかった。私はすでにコーヒーを一杯と、水を一杯振る舞われていた。

「父さんはもっと現実的だった。しばらく前からもう、パコの最期がどんな風か思い描いてたんだと思うの。通夜の間ずっと糊でも利かせたような顔して、沈痛じゃなくて厳粛って感じだった。自分の息子でしょ、なんて誰も言えなかったでしょうね」

成熟が彼女の美しさと性的魅力に磨きをかけていた。ノスタルジーかそれともメランコリーじみた何かのせいで、彼女の声を遠くからぼんやりと聞いている風だった。というのもその言葉に、かつて私が結婚を夢見た若い尻軽娘の面影はなかったのだ。その仕草とある種の口調がかろうじて、私の思い出と折り合っていた。

「私のことをパコはいつだって嫌ってた、覚えてるでしょ。私が姉、唯一人のきょうだいだってことが決して許せなかったし、エフレンと結婚だなんてなおさらね。私の友達関係も趣味も嫌がってた。でも私はそうやって馬鹿にされたり軽蔑されたりするのにも慣れて……」

彼女は、私の知り合ったあの男について話しているのでも、ありえたかもしれない弟の姿について話しているのでもなかった。この一〇年間彼女は、己を納得させ、あの死を遠ざけてくれる、そんな物語を練り上げてきたのだ。女中がやって来て、私たちにコーヒーのお代わりを訊ねた。

私は水をもう一杯頼んだ。

すでに彼女には、私の身の上話の一部、野次馬根性からの帰国の話もしてしまい、彼女はエフレンとの結婚で授かった二人の娘の美点ばかり繰り返していた。なぜ彼女を探し出したりしたのか？　確かなことなどほぼ何も引き出せやしないだろうに。その思い出は彼女の中で、どこか石化していた。

「一度パコが学校の霊的指導司祭に、あなたは人を愛することのできない人間だって言われたの。でもあの子はその不能らしきものを、自分の長所に仕立て上げた。どう思う？　愛は最低の弱みだって考えてたのよ」

大理石のように白くてがっしりした彼女の腿が、椅子に座り直す際ちらりと見えた。私がその両脚を開いたのはあまりにも昔、まだ髭も生えていない頃、経験を焦り、不器用に、がっつくようにしてのことだった。今私たちは別々の世界にいて、唯一私たちを近づけてくれるのが、八つ裂きにされ判別不能な一個の死体の復元作業というわけだった。私は、刈りたての芝生が茂り、奥には咲き誇る薔薇の花、脇には低木の並ぶパティオを眺めた。

「パコは自分の非常識のせいで転げ落ちてった」彼女は続けた。「徐々にふしだらな世界にはまっていったのよ。あのろくでなし連中があの子を殺した、というかもっと正確に言えば、パコが自分を壊してくれとあいつらにせっせと働きかけて……」

マルガリータはこのために、三年間心理学を学んだのだ。つまり私と再会して自分の弟の堕落について考えを巡らすために。というよりも、随分前から祖国を離れ、この国が国民になした身の毛もよだつ所業を理解するのが難しかろうと思われる友人を戸惑わせる、一つのイメージを再構成するために。

「で君たちは、パコがああなったことで問題はなかったの?」

ヘリコプターが一機近づいていた。毎度の威嚇だ。

「こりゃドカンと来るぞ……」私はそう述べながら、空を探った。

「いいえ。まだ早いわ……」

騒音が耳をつんざくばかりになった。ヘリが私たちのちょうど真上を通過した。

「日が沈んだら、まるで非武装地帯よ」と彼女。「ゲリラが家の一ブロック裏にあるあの崖を伝って火山を下りてくるの……」彼女は考え込んだ。「にしたってこんなザマ、買い手なんてあったもんじゃない。人間、慣れるものね……」

そして不条理な死に慣れるなど、呪い以外の何物でもない。

「チノと会ってたんだ」と私。「あいつも、パコに何があったのかてんでわからずじまいだったってさ」

「最高の学校で勉強して、どんな可能性だってあったのも、とんだ無駄。町一番の美青年で、私の女友達がこぞってものにしたがってたのも、とんだ無駄。なんで普通の男の子らしく、自分の環境と地位にふさわしくいられなかったのか、私には一生理解できないでしょうね」

彼女は女中を呼びつけた。薬と水を持ってきてくれるよう頼んだ。

「最後の頃はもっとひどかった」彼女は続けた。「外出するときはいつもあのみすぼらしいエセキエルとつるんで、マリフアナを吸って、どこの馬の骨か知れたもんじゃない連中とつるんで。多分あの連中と一緒にいると、自分が格上、リーダーみたいな気分だったんじゃないかしら。夜明けになるとクスリと酒でラリって帰ってきて、目の前に立つ人間は誰彼構わず怒鳴り散らしてやろうって感じだった。私は幸い、結婚してからはもう両親の家で暮らさなかった。あの子に耐えずに済んだ……」

おそらく私は彼女の話を理解するのに、エフレンと知り合う必要があったのだろう。彼女は三人で夕食でもと誘ってくれてはいたのだが、私は残りの夜は全部予定で埋まっていたのだった。

もしまたヘリコプターが現れたら、こう質問しただろう。

「ゲリラの襲撃ではひどくやられたの?」

彼女はこう答えただろう。

「やめて。恐ろしかったわ……この区から出ることも入ることもできなかった。四日間マットレスの下で過ごしたの。幸い空軍はこっちの方は爆撃しなかったから……」

だがその逸話はすでに色々な方面から、あらゆる細部の違いも含め、あまりにさんざん聞かされていた。私がこのパティオまでやって来たのは恐怖の不幸話を聞いてやにさがるためではなく、ましてや同じ棺桶の中で暮らしながら死は他人事と決め込む面々の嘆きを聞くなど、もってのほかだった。

「パコの破滅は、一度だってまともな人間関係を築き上げられなかったってことよ」と彼女。「私たち女全員より自分が上だと思ってた。ゴロツキ仲間と連れ立って、売春宿でよろしくやってばかり」

「じゃあメルセデスは？」私は尋ねた。

その名前はタブー、アリバイを破壊する名前であり、だからこそ私は出し抜けにその名を口に出した。というのも私は退屈を覚えはじめ、先の見えていた話が嫌になってきたのだ。私がじゃあな、色々ありがとうと言いださぬよう、マルガリータはどうにかこうにか誹謗中傷を慎む羽目になるだろう。

「あの子はふしだらなせいで死んだのよ」彼女は呟いた。

ということは、聞きたくもないというわけか。それとも、孤独好きの女嫌いという物語に当てはまらない汚濁に接近する、彼女なりのやり口か。私は、彼がその女を愛していたのか、両親はその存在を知っていたのか、自分の想像だけどねというのでもいいから知りたかった。

「あの子が向かいのカルメンさんにご執心だったの、覚えてる？　表に面した窓からずっと見張ってたわ……」

「多分覚えてる」と私。

「可哀想に。無理な願いを胸に生きてたんだわ。私も含めてここの女は全員価値がない、この国はゴミだって思ってた。そう考えてたのよ。覚えてるでしょ」

私はトイレの場所を訊いた。シャツが汗でじっとり濡れ、背中に張り付いていた。一体彼女はこの話を、洗練を加え、細部を仕立て上げ、メルセデスという女の痕跡を消し去りながら、何度語って聞かせたのだろう？

「祖国ってのがなかったのよ」もうすぐ英語教室から帰ってくるはずの二人の娘を待ち受けに居間に

移ろうと持ちかけてから、彼女は言った。「どれだけ国を出ようって夢見てたか覚えてるでしょ。ここ、破産のどん底のこの国に生まれたのは運命の嘲《あざけ》りだと思ってたのよ。ヨーロッパやアメリカに生まれてれば、って……」

ようやく、青春時代のわが同級生の姿が浮かんできた。それともそうやってマルガリータは、私もまたそんな幻影を促進する共犯者なのだと示しているのか？

「でも、冒険できないたちだった。いつも、父さんに送り出してもらわないとだめだって思ってた」

気取った居間だった。表面に東洋風のタペストリーを模したソファ、壁に掛かったおぞましい風景画、子供たちと幸せそうな夫婦の写真で埋め尽くされたナイトテーブル。

「まあそうだな」私は呟いた。

「あなたは出ていった。あの子はすごく動揺したのよ。言葉のかけようもなかった……」

エフレンは、寓意だの何だの抜きで、卵が大のお気に入りだった。居間のいたるところに銅、縞瑪瑙、ブロンズ製の、色もサイズも様々の卵が置いてあった。

娘は九歳と七歳だった。マルガリータに生き写しで、父親の影響でもう少し色黒だった。挨拶のキスを交わし、笑いこけ、テレビ見たくない、今すぐ近所の子のとこに行きたいと言った。私はこう述べるべきだった。俺たち、年取ってきたな。

マルガリータによるパコ像は正しいのかもしれないが、それよりも彼女が直面を拒む一枚の画、死の画の下絵という感じがした。別れの挨拶をしながら私が、この最初の旅行は緩やかなれども確実な帰還の始動だ、一二年の不在はあまりに辛くてね、と請け負う間、彼女はこうもまとめたように思う。

「弟の悲劇は、人生に対して怖気づいたことよ。まっとうな人間になって、結婚して、子供を持って、自分を向上させてくれるような職業に打ち込むのが自分の定めなんだって受け入れられなかった。そんなもの凡庸の同義語だって思ったのね。成熟するって考えただけで震え上がって……」

3

誰だったらエセキエルの話をしてくれるだろうか？

一度夜更けに、両親の家の向かいの側溝に二人して腰掛けていたところ、彼にこう言われた。

「俺は、車で学校に来るあんなアホどもとは違う。白馬に乗って、黒革のジャケットとカウボーイブーツに身を包み、パティオのど真ん中、昼休みの只中に登場するんだ……」

その同じ時に、こうも打ち明けられた。

「俺、空挺隊員なんだ。誰にも言うなよ、怖がられるから。強化訓練から戻ってきたところでね。精鋭部隊さ、一番勇敢なんだ……」

あの頃に至ってまだ彼を信じていたかどうか、覚えていない。私や、私たち全員よりも五歳ばかり年上だったが、思春期にあってそれは決定的な距離で、エセキエル自身は決して自分の年齢を明かすことがなかったとはいえ、私たちと同い年を装い、優越感に笑みを浮かべながら、よそよそしい態度を取っていた。

彼は私たちの中産階級地区の端、みすぼらしい食堂兼宿屋のみすぼらしい小部屋に、母親と二人の兄弟と押し合いへし合いして暮らしていた。ベッドが三つにガスコンロ、テーブル、がらくた、換気不足ゆえの濃密な臭気の納まった、みすぼらしい暗鬱な小部屋だった。

一番勇敢だっただけでなく、一番の色男、抗しがたい魅力の持ち主で、地区の女の子から言い寄られているとのことだったが、向こうは彼をゴミ、押し潰されたような面《つら》に肌は水疱瘡の跡でぼこぼこの、X脚の黒んぼだと思っていた。

奇術師、偉大な詐欺師、言葉の錯乱者、今は彼をそう理解していた。病名を当てはめてしまえば、魔法は消え去ってしまうから。

彼が六年生になれたのかどうかもわからずじまいだった。初めのうちはシャンパニャ学院で学んでいると言っていたが、実際はあの学校に母親と連れ立って自家製のタマリンド菓子を売りに行っていたのだ。やがて証拠が白日の下に晒されると、シニシズムに走った。「間抜けは働け、ボンクラは学べだ」などと説いていたが、怠惰の典型だ。

彼の居場所はストリート、店の正面の公衆電話のある角に並ぶ様々な一団、夜気を囲んで延々と続く集会だった。彼を家に上げるのは不敵な行為、純潔な中産階級精神への冒瀆、必死に汗水垂らして私たちを是が非でものし上がらせようとする両親への挑発だった。

一人ひとりが自分の世界を作りながらも彼はどこにも当てはまらない、そんな時期があった。彼の妄想が私たちの中で持続したのは、私たちの思春期が続く間に過ぎなかった。それから彼は己の誇り、唯一の可能性である浮浪者の烙印に囚われ、道を踏み外していった。

私は自然と、その姿を見かけなくなった。そして数年ののち彼は、パコの殺害と並んで、ニュースとして再び姿を現した。その時以来私の空想の中でエセキエルは、死であり、犯罪者であり、パコの死刑執行人だった。

エル・オヨ急襲説によれば、パコがルイス親方を始末できないとなるやエセキエルがその怖気の代償を払うことになったのは、彼こそがあのいいとこの坊ちゃんを男の道に誘い込んだからであり、その代償が、友達だろうと一発風穴を開けること、消すことだった。

マルガリータが政府から指名手配されるゲリラになるもう一つの説では、エセキエルは作戦の実行責任者だった軍の隊長とつながっていた。パコが協力を拒み、姉の行方について手がかり一つ提供しようとしないとなるや、エセキエルは拷問の末に彼を殺した。彼女に魅了されていて、ずっとその想いに憑かれ、彼女を捕えてすぐにでも手元に置いて存分に楽しみたいと思っていたのだ。それが彼の計画、生きる理由だった。

どちらの説でも、エセキエルはグループのリーダーで、彼がのちに死んだのはまた別のヘマ、別の物語だった。

今や彼を、メルセデスという名の小娘によって引き起こされた一連の出来事と結びつけねばならない。会ったことはないが、真実の難所を暴こうとするならば見つけ出す必要があるだろう。

国に降り立った晩、暑さと恐怖に呆然としたまま、クソがごぼごぼ音を立ててますます広がってやがる、自分があぁも遠くで暮らすことに決めたのはおそらくちょっとした英断だったのだと認めたい気分に駆られながら、このこと、つまりエセキエルのことを、チノとモンチョに話してみた。

「あのクソ野郎にはお似合いの死に様だよ」仲間内の出世頭で、国内の大手建設会社の一つを所有し我が世の春を謳歌するエンジニアのモンチョが言った。

もう付き合いもない、二度と会うことはないだろうと思える顔ぶれがあまりに多すぎた。しかも、外国暮らしで自分がどうなったか語り聞かせねばならないのが、ほとんど恐怖だった。

「コソ泥になっちまって」チノが継いだ。「だから殺された」

寄ってたかってエセキエルの話をしていたが、あのくたばり果てたしつこい毛じらみ、図に乗った部隊長の号令みたいな声で煙草を要求しやがって、といった調子だった。一度たりとも、貧しい生まれの素直なおねだり屋の彼は話題に上らなかった。あのぼろ着姿の彼も、嘆き節の酔っ払いの彼も。自分に関する妄想を仕立て上げると同時にそれを疑念の余地なき真実へと転化することでしか酔いしれることのできない、二流の気取り屋扱いだった。

また別の夜更け、二人して地区に戻るという打ち明け話には格好の時間、彼にはこうも言われたのだった。

「マルガリータが俺にベタ惚れでさ……もう二回ヤッたけど、今後あいつから離れられない気がして怖いんだ」

彼がほらを吹いていると知っていながら私は、胃を錐で刺されるような痛みを味わった。これが彼のやり口、威張り方だった。

「殺される数カ月前に何回か道で会ったけど、お前誰だよって感じでやり過ごした」モンチョが付け加えた。「カツアゲしてくるかもしれないしな。そしたらボコボコにさせてたがね」

ずっとエセキエルの話を続けて彼の思い出を噛みしめることもできたろうが、再会した顔ぶれは膨大で、話の種も目白押し、それに旅の疲れが何よりも休息を求めていた。

4

「ああ、会ってみたいな」私は言った。

チェロキー——シルバーカラーで幅広タイヤに偏光ガラス、当時金持ち（と死の中隊）の目印だった車——は颯爽と、尊大に、やりたい放題、強烈なヘッドライトで威嚇するように走っていた。

モンチョは昨晩私が感知したよりもはるかに太っていた。指輪に時計、腕輪、金のチェーンを光らせていた。

「いいケツしてるぜ」と彼。「ただ近寄ると危ない。あの旦那じゃな」

まさにハンドルを握った野蛮人、権力を笠に追い越しも遠慮なし、赤信号も無視、まるで緊急事態があってかっ飛ばしている、というよりずっと脅しをかけているようだった。

いずれもM16を下げた二人の警官に見張られたその売春宿は、どこにでもありそうな悪所で、小さなテーブルに囲まれて円形のお立ち台があり、客は少ないながらもうすぐ女の子たちが踊ることになるのだろう。モンチョ、ただの客ではないモンチョ、本物の現ナマを気前よくばらまいてくれるこのデブが、不満をぶちまけないように。

「俺があいつをパコに紹介したんだ」彼が請け負った。

バーテンダーとウェイターと女の子たちは彼に挨拶を済ませていた。おい一番いいテーブルに座るか？　お立ち台のすぐ横、姐ちゃんたちの毛が鼻にこすれるぜ。それとも邪魔のあまり入らなそうな角っこにするか？

「そっちで決めてくれ。俺はどっちでもいい」

　ケツを楽しめた方がいいな、マジでいいのが二、三人いるんだ、すぐわかるぜ、誰か気に入ったのがいたら上品ぶることたぁない、今晩は俺のおごりだ。

「この国は、金儲けしていい暮らしするか政治に乗り出して殺されるかだな」彼がのたまった。

　すでに私は前の晩、歓迎パーティーで、自分自身に関するもっぱらの噂を彼に語り聞かせてあった。成功を掴み取り今では羽振りのいい音楽プロデューサーの海外移住者、という噂。全員が、私を信用して疑念を解き、私をまた彼らの一員と感じられるよう、聞く必要のあった話だ。

　暗がりの中、色とりどりの光のねじ曲げるような効果の中を、二人の娘《こ》が近づいてきた。

「座っていい？」浅黒い方の、混血風の整った顔立ちに体に張り付いたシャツみたいな丈をしたドレスをまとった女が言った。

　モンチョは椅子にふんぞり返ったままニヤニヤと私の姿を見つめ、斜めがかった黄色の光線に二重顎を照らされるまま、今夜は私のどんな自由も聞き入れる、自分が払うと言った。

「試す価値あるかね」私は訊いた。

「自分で決めな」彼が言った。それから、欲しいものを金で物にするのに慣れた男ならではの権威で、二人に指示した。「ほれ、お姐ちゃん方、そのライトの下、お立ち台に立つんだ、この旦那がじっくり見られるように」

私はやや恥ずかしくなったはずだ。だが女たちは傍目には誇りさえ浮かべながら従った。もう一人の白い肌の方、腰まで届く豊かな黒髪をした女は、ピチピチのズボンにヘソの出るブラウスを身に付けていた。

「いいねぇ」私は伝えた。「でもまだ早いから、またあとで来てくれないか」

「聞いたか姐ちゃん方、三〇分後に来てくれ。絶対だぞ」と彼は告げた。

ウェイターがビールを二杯と、スライスしたヒカマを運んできた。

メルセデスという名の先端から始まる毛糸玉をほどいていくには、格好の環境だ。心地よく物悲しいボレロが、序曲めいて聞こえた。そしてあの陰鬱な夜が、一本の映画を集約するワンシーンさながら突如凍りつき、この祖国にとって時間は無縁のもの、そこで唯一なしうる運動は人間をより犯罪的な種へと仕立て上げていくだけだ、そんな啓示を告げていた。

「じゃあ、お前がパコにその女を紹介したわけだ」私は話を続けた。

「もちろん。で始めはあの間抜け野郎から惚れた。いいケツだよ。ここのとは違って、品のいい商売女だ。昼間は弁護士事務所で秘書仕事さ。俺が知り合ったのは偶然でね。チンポをしゃぶるのと、ケツの穴に挿れられるのが大好きだった。まさにアバズレ、まれに見る淫乱。だから哀れなパコは引っかかった」

曲が変わるとライトが変わり、ビキニの娘《こ》が、ダンスをしに、脱ぎに、お立ち台に上った。私は、いきり立ちながらメルセデスのアナルの内壁を引き裂くパコの姿を想像するのに、自分が興奮する必要があった。そうすれば彼を理解できるかもしれない。あるいはこの女とヤりながら。

「あれは商売女だぞって教えてやったのか？」

「もちろん」と彼。それからビールを呷《あお》り、ダンスしている女の子を嫌そうに眺め、両手で腹を撫で回した。「妙な奴だよ。上物の売女を二人ほど連れてきたぜ、好きな方を選びな、俺のおごりだって言ってやったんだ、あいつの誕生祝いでね。で、恋仲になっちまった」

彼は笑いをこらえきれなかった。もう昔の話、少数の友人と思い出すための逸話だった。彼はウェイターに合図でビールの追加を注文した。

「傑作なのは、メルセデスについてあいつが山ほど嘘をでっち上げたってことだ。あの女は小さい頃に両親を亡くしたとか言って、しばらく孤児院暮らしを余儀なくされた遺産相続人に仕立て上げやがった」

お立ち台の女はちょうどブラジャーを外したところだった。

「明らかにヘマしたんだよ」

ショーツを脱ごうと身を捩《よじ》らせる女には目もくれずモンチョは、パコをダメにしたのはメルセデスへの執着だ、確かに奴はフラフラしてたけど、単純にあの女が心を奪ったんだ、凄まじいぜ、まさしく誘惑だ、そう繰り返していた。

女は——私は万華鏡めいた光の下、その姿をじっくり眺め回した。小麦色の肌にボリュームのあるヒップ、腰のくびれはほとんどなく、胸は小さいがツンと上を向いている——ショーツをぴんと伸ばし、細長いペニスにまたがって揺れるかのようにして、それを股の間にリズミカルにこすり付けていた。

それに好意を寄せる勃起の気配が兆していた。

「マジで、冗談抜きに野心的な女だぜ」

「同棲はしてたのか？」

「そうはならなかった、どうも妊娠したらしいとなってもだ。女は母親と二人暮らし、パコはエセキエルのところに居候しながら商売。で、メルセデスの喜ぶことならなんでも叶えてやろうってんで泥棒になった」

腫れぼったい髭なしの顔に切れ長の目をしたモンチョは、カウンター脇にいる例の二人の女の姿を探した。

「しかも大ぼら吹きときた」と彼。「殺される前、最後に会ったとき、今は保険の営業をやってる、金を貯めてあの女と暮らすんだ、なんて抜かしてたな。妊娠してるんだ、って請け負ってた。であとは音沙汰なし」

その次にお立ち台に上って踊るのはメルセデスであるべきだった。生白い肌に豊かな乳房、股の間に赤毛を茂らせた、モンチョが再現してみせたとおりの女。

「妊娠？」

「だとよ。どうだかな。そのあとすぐあいつはお陀仏になり、メルセデスは姿を消した。何カ月かするともう、大尉と同棲してるなんて噂が立った。あの女とも、二度と話す機会はなかった。パコの家族内じゃこの話はタブーときた」

どういうわけか私が選び抜いたイメージは、象牙色の肌に赤毛の、可愛らしい、両親の顔立ちの一番いいところを受け継いだが、あどけなさによってさらに際立つ一〇歳の少女、母親の新生活には居場所がなく母方の祖母に引き取られた少女だった。

「テレビドラマみたいな悲劇だな」私は呟いた。

体にぴっちり張り付いた服を着た褐色の女の方が、ユーリと名乗った。もう一人はカミラで、まるですでに誰が誰の担当か決めていたみたいに、モンチョと並んで座った。

もう一つのテレビドラマ風バージョンとしては、祖母とその少女がアメリカに住んでいて、パコの家族は何かしようと思ったところで手出しできない、というのもありえた。メルセデスが中絶したというのもありえた。それとも、エセキエルとあれだけ多くを共有していたパコのことだ、モンチョが断じていたように、ただ単に上辺を繕っていたか。

ユーリの齢は二〇歳ぐらいだったろうが、単にその肉体が問題であるからには、その生活について訊くなどという不快な売春社会学、父祖伝来の罪をすり替えるような真似はすまい。

5

「ついてねえな」チノが叫んだ。

日が暮れかけていた。胃の中に収まったボトル半分ほどのウォッカ、スピード、窓から吹き込む爽やかな風。ひたぶるな平穏。車が急に、爆発音もしないのにガタつきだした。後輪だ。チノはなんとか路肩まで着けた。

「替えのタイヤも工具もねえ」と彼。

クソが。私たちはちょうどアヤグアロを過ぎたばかり、首都まであと二〇キロというところだった。真っ暗闇になったらほとんど物理的な脅威、燠火の点いた恐怖に躍起になって息を吹きかけるようなものだ。

「どうする?」二人して車を出る際に訊いた。

「誰か通るか見てみよう」と彼。

「誰か停まってくれると思うか?」

木曜日、交通量の少ない日だった。だが黄昏の最後の線とともに、パラノイアもおだやかに退いていった。私は手をこすった。虫の音が山を覆った。最初の二台の車が、間を置いて、すでに室内灯をともらせながら、いずれも停まることなく走り去った。

「どうするつもりだ?」

「カークラブに行ってレッカー車を呼んできてくれ」薮を掻き分けながら彼が言った。

「でもお前、ここで一人きりになるってのか?」

彼は重い楕円形の石を担ぎ上げると、右の前輪タイヤの後ろにくさびのようにして置いた。

「車を置いたきりにはできないからな。絶対に。あっという間にかっぱらわれるぞ」

こめかみが強烈に締め付けられる感じがした。酒が一気に、悪酔いも残さず、ただ不安だけを残して吹っ飛んだ。

「バスが通ったら、乗るんだぞ」と彼。

私に欠けていたもの。さっさと世界を乗り換え、安全とは計略、罠であると事実確認しておくこと。

私たちは小さなトヨタのボンネットの上に座った。車がもう一台、私たちの呼びかけに応じることなく過ぎ去っていた。

「ひどいことになるな」私は述べた。

私たちはこの場所で、チノの車を見張り、恐怖に震えながら夜を明かすことになるだろう。すでにゲリラが比較的活発に作戦を展開するこの地域で、政府軍の分遣隊のやりたい放題に晒されて、あるいは両者の板挟みになって。

「もう誰か来るだろ。落ち込むな」まるでこちらの顔色を読むかのように、彼が言った。

私は、習慣を失ってしまっていた。そんなもの、かつて身に付けたのか？　私はいつだか、長引く流浪生活のせいで擦り切れた活力に養分を与えるには、全き不確実に浸り、身近に死の手触りを感じるのも悪くない、そう論じたのではなかったか？

涼しくなってきた。遠くで何匹か犬が吠えた。夜は真っ暗闇になりそうだ。空は雨が降りだすかのようにどんよりと曇っていた。すると車が現れ、私たちを目の前にしてためらいを見せたが、二〇メートルほど通り過ぎたところで停まった。野球帽をかぶった大男が出てくると、口笛を鳴らしてチノが大急ぎで車に駆け寄った。二人は感激しながら握手を交わした。私は慎重に近寄った。二人は同じ曜日の同じ時間、同じプールで泳ぐ仲だった。チノを独りにするわけにはいかない、街に着いたらすぐ自分がレッカー車を呼ぶと大男が言った。

私たちはトヨタの車内に入り、少なくとも三〇分ほど待つことにした。

「グッドラック」私は言った。

「あいつはバタフライが大の得意でね」チノが言った。車が近づくのが聞こえるたびに、ウィンカーを点滅させた。

山の静寂に私は驚いた。もう一つ別の生が、夜が仰々しく照らされるその辺りから沸き立っていた。戦士の秘儀、殺戮と愛欲のための突き抜けるような匂い。

「何カ月か前、作業場を浜辺の家に移したいと思ったんだけど、毎日街まで出るのは金がかかるだろ」とチノ。「しかも、シートの革がダメになっちまう。アシスタントの問題だってある」

私は改めてくつろぐことができずにいた。時計だかペースメーカーのようなものが頭のなかで鳴っていた。もう飲む物がなかった。別の時の別の空、息苦しくない状況であれば、フロントガラスを枕代わりに車のボンネットの上に寝そべり、星と孤独、存在のちっぽけさと不可知の存在に思いを巡らそうと提案もしただろう。

そのときジープとトラック、街道の両脇を小走りで駆ける兵隊の列が姿を現した。

私は大きく息を吸った。

「騒ぐなよ」チノが囁いた。

先遣隊が銃を向けてきた。一人が、車から出るよう怒鳴った。むず痒い感覚が私の脚を痙攣させようと待ち構えていた。

「タイヤがパンクしちゃって！　レッカー車を待ってるんです！」チノが叫んだ。

兵隊たちが、威嚇するように、疑り深い顔をして近づいてきた。車内を照らし、タイヤを見ると、身分証の提示を求めた。一人がジープから飛び降りた。こいつが上官、中尉だった。トランクを開けるよう私たちに命令すると、チノの証明書類を読んだ。

「この身分証は誰にもらった？」

「弟が医者で、軍病院で働いているんです」チノが答えた。

私は自分の身分証とパスポートを渡した。

「アメリカ在住？」

「ええ」

「街は」

「サンフランシスコです」私は呟いた。「休暇中なんです。今は港から帰る途中で」

中尉は部隊に対し前進命令を出すと、もうレッカー車を呼んだかと訊ね、それからジープに戻った。

もしアドレナリンをキューブや濃縮カプセルにして売れるなら、この国は山ほど輸出して、例えば北の方の市場を飽和させ、さらに恐怖を金に換えられることだろう。

「グッドラックの話をしたと思いきや」私は言った。

私たちは車に乗り込んだ。

「もっと乱暴なことになるかと思ったぜ」

「ちょいとしつけが良くなってたな」とチノ。

嵐の香る、強い風が吹いた。私たちに欠けていたもの。

「お前がその身分証を持っててよかったよ」私は言った。

「これがあればそう易々とやられないからな。これがあれば軍人どもの店でラム酒も半額で買える」

大型車両のものと思しきヘッドライトが二つ私たちの顔を照らしたが、レッカー車ではなかった。

「お前の弟、きっと顔が広いんだろうな」

「まあな。怪我した士官はほとんど全員」

小便がしたくなった。車から出た。雨はまだ遠く、海岸の方面あたりだった。

「で、メルセデスとくっついた大尉とも面識はあるのか？」

「そりゃ、当の本人から聞かされたんだから」

とことん純化したバージョンはこうだ。つまりメルセデスが大尉とくっつくとパコはお荷物になった、何より奴がメルセデスを強請《ゆす》りだして、堕ろすな、産め、自分が面倒を見る、と憑かれたように要求を繰り返したからで、ついに例の軍人が、あのしつこい馬鹿たれ、役立たずの腐れ肉を始末するのが一番楽だと腹を決めた。

「じゃあ、パコは突然捨てられたと？」

雷鳴がはっきり、近くに聞こえた。そのあとに濃密な、獣めいた静寂。憶測する価値はあるのか、それとも二人して一瞬目を見合わせるだけで事足りるか？

「一夜にしてゴミ扱いさ。大尉は車も金も身の安全も、あの女が求めてたものは全て持ってる。俺だって、札束背負ったケツが目の前に現れたらそうするぜ」

一発、二発、三発と銃声が、規則的な間隔を置いて聞こえた。

「今じゃあの女、高級生地の輸入代理店をやってる」

「ご立派なもんだ」と私。

だがレッカー車はやって来ず、やって来るのはどしゃ降りの雨、荒れ狂う爆発音だ。あるいは、死はずっと無表情でそこにいて、手ぐすね引いていたのだという甘受。

「お前、そいつとヤったのか？」

「いや。あの女とパコと同席したことなら何回かある。誰だって惚れちまうだろうよ。あとは一度きり、遠目に姿を見ただけ」

彼は座席に腰を据え直した。

「ああいう女は危険だ。特に、旦那がほぼいつも従軍中でろくに帰ってこないからな。首を突っ込んだら命に関わる」

あの一対の強烈なヘッドライトが、きっと我々の救い主のものだろう。

6

その捕獲に関してはただ唯一のバージョンが目撃者たちの口より語られ、友人たちにより繰り返されており、話は一致しているものの、疑念を晴らし犯罪の解明に至るような要素は見られない。

一九八〇年三月一五日水曜日午後五時ごろ、フランシスコ・オルメド（通称パコ）――年齢は二五歳ほど、中背、肌の色は白、目の色は明るく髪は金髪に近い栗色――はモラサン広場正面、国立劇場脇のマクドナルドに入店した。服装は黒のジーンズ、胸に〈Miami Beach〉のロゴが描かれた黄色のTシャツに、黒のモカシン。まっすぐ注文をしにカウンターに向かうことなく、まず不審な様相の四人組が陣取るテーブルに寄ると、彼らは親しげに挨拶し、彼が椅子を置けるよう場所を空けた。五分ほど大仰な身ぶりを交じえて談笑したのちパコは、カウンターに向かうとコーヒーを一杯注文し、席に戻った。この一団は会合場所としてマクドナルドを利用しており、その姿は毎日目撃されていて、同じ席に陣取って密談しては、やはりいつもの待ち合わせ場所としてその場所に通いつめていた他の一団と混じったりしていた。さらに一五分後、二人の凶悪な様相の男が入店し、前述のテーブルへ向かうとパコの背後で立ち止まった。パコは立ち上がって男たちと口論し、椅子に座る友人たちに訴えかけた。うち一人がパコの耳元で話しかけた。残りの三人は表に出た。そのとき、ダットサンのトラック(緑、ナンバープレートなし)が急ブレーキをかけ、機関銃を持った二人の男が下りると、パコに銃を向け、小突き回して荷台に上げ、フルスピードで走り去った。

「あの売女どもには贅沢すぎるな」モンチョが言った。女たちが二人して部屋とバスルームを見物に行って私たち二人は小さなホールに置き去りにされた。ホールにはバー、中央のテーブルと二、三のシングルソファに加え、壁に嵌め込まれたテレビがあった。

〈鷺の宮殿〉という名のモーテルだった。モンチョがバーの後ろに回った。小窓を開けると、そこから誰かが彼にグラスとアイスペールとミネラルウォーターを渡した。私たちはブラックラベルのボトルを持ち込んでいた。

私はロックをダブルで注いだ。

「もういいだろその話は!」夜のどこかで、モンチョに言われていた。

だが私は答えた。

「そりゃそうだが、避けようがないんだ。俺たちの一人がこんな終わり方するなんて、考えたことあるか?」

今、ユーリがバーのベンチに座りにやって来た。ほとんど繊細さを込めるように尻を振りながら歩いていた。

「コカコーラ頼んでないじゃない」彼女がケチをつけた。

「これはコーラと一緒に飲むもんじゃねえよ、ハニー」とモンチョ。そして間髪入れず訊いた。「カミラは?」

「バスルームよ」

モンチョの払いだった。一番ありそうなのは、彼が部屋に泊まり私はソファという可能性だ。それとも、妄想に訴えてみるか?

「二人だけで踊ってる姿が見てみたいね」カミラがホールにやってくると、モンチョが言った。単なる仄めかしを超えていた。

「困るわね。そんな急に言われても無理。まず飲みましょうよ」ユーリが提案した。

「急に来たのか?」モンチョが私に、訝しげに尋ねた。

私は彼にグラスを渡してやった。彼はソファに座っていて、カミラが甘えながら卑屈そうに近寄るところだった。

私はテレビを点けた。ユーリと並んで、ベンチに腰掛けた。

画面では一人の男が服を脱ぎながら巨大なペニスを振り回し分厚い熱情的な唇をしたヤンキー女の口

に突っ込んでいた。私たちは四人ともビデオに釘付けになった。女のお盛んぶりは驚くほかなかった。

私は即座に勇ましく勃起した。

「興奮してくるだろ」とモンチョ。

女は、喉を貫かれ窒息死してもおかしくなかった。

「わーお、ちょっとこの女、小さい頃オッパイ飲ませてもらえなかったみたい」カミラがコメントした。

ここで画面に二人目の男が現れて服を脱ぎ、その間カメラは女の口元から離れ彼女が四つん這いになる姿を映し出すと、彼女が二人目の男の陰茎を熱心にしゃぶる隙に一人目の男が後ろから挿入した。

「ほれ見てみろよ姐ちゃんたち、当たりが出た方がこれだからな」モンチョが喜び勇んで言った。

女が口から出したペニスが顔に精液を放出するところでお開きとなる。

モンチョとカミラは部屋に向かった。

私はユーリの腿に手を置いた。ビデオのせいで、睾丸がひどく溜まっていた。売女の考えること、感じることに気を揉む男、何たるお笑いぐさ。あとに続くは世紀を超えて伝わる遊戯の中の遊戯、そこでは何百万という精子が、勝者なき競争が迫り来るのを前に錯乱へと到るまでに熱狂する。死と空虚と宇宙の無意味を支えるもの。

女が二人ともくたくたになって寝入り、かつての無垢を思い起こさせる時間帯があった。

そしてボトル半分以上が待ち構えていた。

夜の底の底、闇の極み、次の夜明けを開くあの蝶番。精神でもなんでもいいが、そこに急に立ち込めたばかりながら、身に沁みる寒気。

「そろそろ行くか、でないと女房と厄介なことになる」とモンチョ。

彼はベンチに座っていた。私はバーの奥に立っていた。

「じゃあ起こすか」

「いや。起きたら帰れだ。起きないなら泊まり」彼が言い放った。それから私に指示した。「ベルを鳴らしてミネラルウォーターの追加を頼んでくれ」

「このモーテルにメルセデスを連れてきたんだな」私は問いただした。

「な。取り憑かれてるじゃねえか。あいつとヤりたいんだろ」

「ヤってみたいもんだね」

この売女どもより上物だろう。一糸まとわぬ汗の滴る体で、省みもせず、悲劇の敷居を踏み破るようなものか。その肌は倒錯の匂い、危険とセックスの芳香がするだろう。

ホールから空が見えた。夜が間近に迫っていた。

「一目見たら、たまらなくなるだろうよ」とモンチョ。

エセキエルはあのテーブルの四人組の中にいたのか、それともパコをマクドナルドから引きずり出した二人組の片割れだったのか？　誰にもわからなかった。

そして例の、判別不能の腐乱死体。広く信じられている噂では、手酷い拷問を受けたとのことだ。なんら特別な話ではない。当時、来る日も来る日も、道に吊るされた姿でさえお目にかかった、あの百の八つ裂き死体の一つだ。詳細が一点。検死官が言ったとされる話では、パコはばっさりと去勢されていたという。

7

朝八時、私はショッピングセンターに到着した。いくつもの通路やショーウィンドーやエスカレーターを通った。店の名前は〈メチェス〉で、もっと小さな字で「高級輸入生地」と書かれていた。私は恐るおそるドアの下に封筒を忍ばせた。彼女は決まって九時きっかりに、家政婦か店員かボディガードと思しき娘と連れ立って、店舗を開けにやって来る。先立って何日か、その姿を観察しておいたのだ。封筒には下線引きで「至急」の文字が書かれ、手紙の文面は以下のとおりだった。

メルセデス・デ・カニャス様

拝啓
奥様　当方は、漏れ聞くところでは貴女様とかつて短い間男女の仲にあったフランシスコ・オルメド――友人間ではパコ――の旧知の者です。ここで紙幅を費やすには及ばぬ諸般の事情により、パコは当方を、かなりの価値（象徴的にも物質的にも）の形見の保証人として任じ、パコが死亡した場合にはその長子へと手渡す役目を――正式な宣誓の下――担っております。一〇年前、我々共通の知人たる彼が不幸にも他界いたしましたのち、当方は相続者の有無について尋ねてみたものの、オルメド家の返答は断じて否とのことでした。故に当方は、宣誓が明確であり対象物の譲渡先に他のいかなる親族をも含まぬ点を鑑み、形見を当方の権限下に保管することといたしました。当方、この種の宣誓は厳格な敬意を以て守っております旨御諒解いただきたく存じます。

当方は、何年も前より外国暮らしを続けております。目下故国に立ち寄りましたところ、貴女様がパコとご関係のあった時分に御懐妊なされた可能性があるとの情報に接しました。とはいえ、情報の提供者は揃って、これはただの噂に過ぎないこと、誰一人としてかかる出来事に関し信頼に足る証拠を摑んでいないことを強調しております。

右の理由より当方は、貴女様に直接一筆差し上げる次第です。もしパコとの間に御愛息ないしは御愛嬢がおありの場合は、是非とも連絡させていただきたく存じますので、来たる三月一三日火曜日、午前九時三〇分から九時四〇分の間に、貴店のドアに赤色の生地を一巻き立てかけていただきたくお願い申し上げます。もし当方の入手した情報が根拠のない単なる噂に過ぎぬ場合は、本件により御迷惑をおかけしたこと平にご容赦頂きたくお願い申し上げ、また当方のことは今後一切お耳に入らぬよう保証いたす次第でございます。

敬具

署名は、判読不明の適当ないたずら書きだ。時間があったので一杯コーヒーを飲み、薄汚れた新聞に数紙目を通し、彼女が冒険に打って出た場合の次のステップを再度検討した。そして予定していた時間に、早起きの客を装い、物欲しそうにショーウィンドーを眺めながら、メルセデスの店の前を通らぬよう一本向こうの通路を歩いた。一瞥すると、ドアに一巻きの赤色の生地が立てかけてあるのが見分けられた。私はショッピングセンターを出た。大通りを渡った。ホテルに入った。ロビーの電話から彼女に電話をかけた。

「おはようございます。カニャス様とお話ししたいのですが」

「私ですが」彼女の声は嗄《しわが》れていたが、女性の、思わせぶりな声だった。

「今朝手紙を送らせていただいた者です」

「お待ちしていました」

「至急お会いしたいのです。明日発ちますので、帰る前にこの事態を解決できたらと思っておりまして」

「私もぜひお会いして、形見の件についてご説明いただければと思います。どんな物ですか」

「電話でなく、直接会ってお話しできた方が有難いのですが」

「今からお店にいらしたらどう?」

「いえ」私はぶっきらぼうに言った。「本当にパコとの間に子供がおありなんですか、それともただ好奇心でこんなことをされているのですか?」

彼女はほとんど言い淀む。

「生地を置いたの、ご覧になってないのね」彼女は迷惑そうな風を装った。

「見たから電話してるんです」

「じゃあ、どうして同じことを訊くの?」

「確認ですよ。女ですか男ですか?」

「女の子です」

「カミノ・レアル・ホテルのカフェに今すぐ来ていただけますか？　朝食をご馳走します」

「それはどうも。朝食は済ませました。でも一〇分ほどで向かいますので」

「お一人で願います」

私はカフェに入った。ホットケーキとコーヒーに水を注文した。この瞬間こそ私がここ数日願っていたもの、裏の帰国理由であり、平衡感覚の訓練には最適なこの滑りやすい区画への到達ではなかったか？　すると、パコはどうなる？

彼女が入ってくる姿を見るのが怖かった。誘惑の不安。最近見た映画で主人公の女が罠を仕掛け、言い寄る男が沼にはまりそのまま沈んで死ぬみたいに、彼女が股の間に招き入れておいて叫び声を立てる女だとしたら。

そして向こうは椅子の間を縫って歩きはじめるやいなや――グレーの格子柄のガウチョパンツにやはりゆったりとした白のブラウス、栗色かあるいはおそらく赤系統の色の髪をまとめ上げ、青白い顔には大きな肉厚の唇――、こちらが私だと察した。探し当てた。自信満々、デリカシーのかけらもなしに。彼女は体を隠す術、それとなくほのめかす術を身に付けていた。どれだけの手間がかかったのやら。彼女の男は虚栄心の調教師に違いない。分別ではなく、途方もない嫉妬心の為せる業《わざ》だ。

私は立ち上がった。

「カニャスさん」私は言いながら手を向けて確認し、それから、ある種の魔女を閉じ込めうる唯一の独房たる魔法陣の中に彼女が嵌まり込むよう、椅子を引いた。「ギジェルモ・プリエトです、どうぞよろしく」

彼女の歩き方に客全員が目を剝いたと言っては嘘になるが、彼女の中にはどこか人を惹きつけるある種の下卑た様子が見え隠れしていて、その体を揺らす様や身のこなしともども、気づかずにはいられなかった。

「まあ、もっと違う感じの方だと思ってましたわ」

「どんな風だと？」

「さあ。多分、もっとお年かと」

私は間髪入れず訊《たず》ねた。

「そちらはおいくつで？」

彼女のプレーグラウンド、お得意の牽制を繰り出し、名人芸を披露できる場所だ。

「そういう質問はするものじゃありません」彼女は媚びるように言った。

彼女の馬のような歯は、綺麗に完璧に並んでいた。

「では、本題に入りましょう」私は言った。「娘さんについて全て教えてもらう必要があります。それから私とパコとの取り決めと、形見のことについてご説明します」

ウェイターが私のコーヒーと、夫人が注文できるようメニューを持ってきた。

「カモミールティーだけいただくわ」と彼女。「まずはあなたのことを教えていただかないと。この、考えてもずいぶん妙な一件を信じられるように」

「いいえ、奥さん。ここでは私のことなど重要ではありません。重要なのは娘さんです。これは真面目な話ですよ。かなりの金になる、パコにとっても大いに感情的価値のあった品物の話なんですから」

「それは何なんです？　いくらするの？　なんでそんなに謎めかすんです？」彼女はせっつくように大きな身振りをした。

実に正面突破の方法を心得ている。脇から背中から攻められた日にはさぞかし凄まじいことだろう。

「娘さんはいくつなんです？」

「もうすぐ一〇歳です」

「写真はありますか？」

彼女はハンドバッグを探った。ウェイターが夫人のカモミールティーを運んでくると、蜂蜜かメープルシロップはいるかと私に訊ねた。

「あなたそっくりですね」と私。「パコの娘だと証明できますか？」

彼女はハンドバッグに写真をしまった。その表情が険しくなった。

「一言はっきりさせておきましょうか」彼女は真顔で私を睨みつけながら言った。「あなたとここに来るのにこちらは身の危険を冒してるんです。夫は軍人で、事前に相談せずにここに来たと知ったら機嫌を損ねるでしょう。これが罠か強請《ゆす》りだとしたら、お命に関わりますよ。物が何なのか言った方が身のためです」

喧嘩を売るかのように、彼女は煙草に火を点けた。そもそも大胆不敵ゆえに、無理を押してここまでやって来たのだ。臆病も軟弱も、彼女とは無縁だった。

私は急ぐことなく、コーヒーを啜《すす》った。

「ダイヤモンドが嵌め込まれた金のブレスレットでしてね」私は強調を込めることなく、間を空けて喋った。「鑑定ではおよそ一万五千ドルというところです。アメリカでは大した額じゃありませんが、ここじゃかなりの額だ。元はパコの母方の祖母のものです」

彼女は目の色を変え、私を凝視した。ウェイターが私のホットケーキを運んできた。

「私は、パコの長男、この場合は長女さんにこの手でブレスレットを渡す約束になっています。それ以外の誰にも渡しません」

彼女は戦略を練るべく、煙草の煙に身を隠した。

「今お持ちなの？」

私は笑みを浮かべた。こちらの番だ。野心こそが彼女の、壊疽《えそ》を起こし悪臭を放つ傷だった。

「私は何年も前からアメリカ暮らしです。ブレスレットは向こうにあります。出発したときは、娘さんの存在なんて考えもしなかったものですから」

「で、明日お発ちに？」

早くに、朝九時の便で。だから急いで話す必要があるんです。

「どうすればいいでしょうか？」

訊きたいことは多く、残された時間は少なかったが、彼女はすでに、もしブレスレットが存在するのならそれは自分のものだと決め込んでいた。

「なかなか信じられませんが」彼女は呟いた。

「分かります」

「パコからそんな話されたこともないし」

「そういう契約でしたから。ブレスレットはもうパコの所有物ではなかったし、彼がその話をすることも禁じられていました。彼は誓いを守ったということです」

「妙な話よねえ……」

「エル・ペロン、アメリカに住んでいる親友の話をされませんでしたか？」

彼女は足を滑らせぬよう、細心の注意で床を足で探った。すでに、警戒しながらもそれなりの信用を装うことにしていた。

「大昔でしたわ。それに私たち、すぐ別れたし。実際のところ、記憶にないわね」

私はウェイターに合図を送った。コーヒーのお代わりが欲しかった。

「娘さんのお名前は？」

「マリア・メルセデス、私と同じです」

「ご主人は、彼女がパコの子だというのをご存知で？」

「もちろん。でも娘は違います。彼女にとっては、オルランドが父親です」

「どうしてパコの家族は、あなたが存在しないかのように装うのか、さっぱりわかりません。娘さんについてはなおさらです」

「クソな奴らですもの」すでに憎しみも尽き果てたとばかりに、彼女は冷淡に言った。

「ご家族と面識は？」私は訊ねた。

「パコと一緒に何度か会いました。家に行ったことはありません。向こうは彼がとびきりの息子で、私が彼を堕落させていると思ってました。どうです。パコの親友だとおっしゃるなら、その点私よりよくお分かりでしょ」

「分かるとは？」

「パコが殺されたのは、自分が賢い、本人の言葉じゃ誰よりも賢いと思ってたからよ。誰が殺したかご存知？　エセキエルよ。じゃエセキエルを殺したのは？　別の同類よ。腐れ肉は仲間内で殺し合うのよ。腐れ肉だから殺された」

「あなたのことでモンチョと話をしました」

「何て言われたの？」

ついに驚愕が、嫌悪が表に出た。まるで、バシリスクめいたかつての裏切り者に脅されるように。

「お話しするほどのことは何も」

彼女は灰皿で煙草を揉み消した。

「マルガリータとも会いました」私は付け加えた。「あなたのことについて聞いても、そのまま喋り続けてました。まるで私がそんな言葉を口にしなかったみたいに、あなたが存在しないかのように」

「言ったでしょ、クソな奴らだって」

「一度も娘さんのことを気にかけたりしなかった？」

「あの人たちにとってはパコの娘じゃないのよ、私が商売女だから父親が誰か判ったものじゃないってね」

私はほとんど飲み込むようにしてホットケーキを平らげた。ウェイターに勘定を頼んだ。

「今度、二、三カ月後に帰国した折、ブレスレットを持ってきてまたご連絡します」私は言った。「その間じっくり、どうやってこの事態を解決するかお考えください。なにせ私は例の物を直《じか》に娘さんに渡して、これはあなたの父親、フランシスコ・オルメドの遺産なのだと説明してやる必要があるのですから。他にどうしようもありません。彼女がパコの子だと確証する方法としては、ご主人の口から告げるというのもあります。他には思いつきません。血液型検査もありかもしれません。どうかな。娘さんに会ったら、きっとパコの面影が窺えると信じています。すみませんがここらで失礼いたします。兵営市場に行って頼まれ物を買わないといけませんので」

私は二〇ドル札で会計を済ませた。

「ここに泊まってらっしゃるの?」

「いえ。親族の家です」

「よろしければ、市場までお連れします」彼女が提案した。「ホテルの駐車場に車を停めてますので」

「ありがとうございます。ですがこれ以上厄介事に巻き込むのも嫌ですから」

「ご心配なく」彼女は立ち上がりながら言った。「夫はパナマで講習中です。二週間は戻りません」

8

さあついに彼女が自分の物語、本質に迫る、主人公にして生存者の物語を披露することになる――その間彼女は、偏光ガラスのウィンドーにエアコン装備、外の世界が焦げ付きだしたのを忘れ去るには申し分のない流線型のホンダを運転する――、その物語ではいかなる憐憫《れんびん》も即座にお払い箱、なぜならあの年月、あったのはただ獰猛、冷酷、残虐であり、さらに私が作り話、パコが道を踏み外したのは彼女のせいだなどといった嘘話を吹き込まれぬよう、メルセデスは私にその物語をつぶさに理解させようとしていた、というのも実際に起こったのは正反対で、自分ほどパコの人生を変えさせようと気を揉んだ人間はいないからだという。

彼女が彼と知り合ったのはモンチョの仲介だった――だがおそらく私がもう、きっと病的なまでに聞かされただろう話を繰り返すことはしないとのことだ、というのもモンチョはいつだって下衆野郎、自分を実に男らしいと思い込んでいるけど、金儲けの才覚がなければただのクズだから。信じてもらえないかもしれないけど、一目惚れだった、まるで映画みたいな矢の一撃、今でもありありと思い出す、自分とモンチョは車の前の座席、後ろにはパコとコニー、まるですでに全てお膳立てされてるみたいな配置、でもドライブインに着くと自分があの金髪男と隣り合って座った、超美形で、誰かが笑うと途端に彼も笑った、どこから見ても非凡、食べちゃいたいぐらい。そしてその晩、初めてのセックスのあと、自分が恋をしていることに気づいた。

私たちが下っていく大通りの姿を私が初めて見たときはもっと別物で、幅広で短く、あんな名前もついておらず、今バイク乗りたちが駆り立てているような危険もなかった。とはいえ実のところ、街全体がもう別物で、確かにもっと拡大し、火山の麓を貪るように這い上っていた。だが戦争もまた下劣の極みを越え出るほどにこの街を退廃させ、巨大な篝火へと追いやった。その中で何百もの人間が興奮と熱狂のうちに己の身を生贄に捧げ、他の連中――大多数――は恐怖に引き攣《つ》った顔を続ける時間さえろくになかった。

最初の出会い以降、パコは毎日事務所の彼女に電話をかけては素敵な文句、ナンパの手引書から取ってきたような褒め言葉を囁いた。そして、婚約者がいるから一緒にはなれないと忠告しても、いつも六時ちょうどに迎えにきた。不快だったのは知り合った形、金のために股を開いたという点だった。だから次にビールを飲みにデートしたとき、メルセデスは彼に、こんな形で知り合ったのは残念だ、でもあれは必要に駆られて滅多にしかしないことで、彼とは別の関係を築きたい、と打ち明けた。で、パコは素敵なことに、そんなのどうでもいい、そのままの君が好きだ、もう自分を犠牲にすることのないよう金の工面は助けてあげようと答えた。

これで落ちないはずがないでしょ？

魔性の蛇女か、それとも典型的な道化男か。当然、彼は一ペソだってやったりしなかった。そして彼女はついに、彼の煙草代まで出してやることになった。

「おたくの旦那があいつを殺させた、と聞かされてね……」

「誰がそんなバカなことを？」

彼女は車を停めて、侮辱されたと騒ぎ立てたかったところだろうが、渋滞のせいで叶わなかった。

「一貫した説でね。パコが旦那の邪魔になった。おそらくあんたを強請《ゆす》ろうとした。そんな話だ」

「嘘ばかり！　オルランドと知り合ったのはパコが殺されたあとよ。そんな話、二度と繰り返さないで」

彼女の話を信用すべきだったろうか？　パコは今回の旅のアリバイに過ぎなかった、今となってはどうでもよかったとしても彼女の存在が、見る者を恥じ入らせその身を焦がす秘密として立ちはだかったのだ、そう認めるべきだったか？

「エセキエルの仕業だって説明したでしょ」と彼女。

すると私は、自分がその筋書きを作り上げたような気分になった。その筋書きの中でメルセデスは、エセキエルがパコを殺したのは、前者が取り憑かれたように自分にぞっこんだったからだと請け負っていた。一度、あの二人組が共有していた部屋で、パコとメルセデスが疲労困憊で睡魔に襲われ眠りこけるまでセックスしたあと、彼女は、甘美な微睡《まどろ》みのデザートよろしく誰かが自分の背中や尻、腿の裏を優しく繊細に撫でているのを感じた。だがそこで、彼女の体を触っているのは、目を血走らせ歪んだ笑みを浮かべたあの汚らわしい黒んぼだと気づいた。

彼女は飛び跳ねるように立ち上がった。

「クソ野郎！」と叫び、シーツで体を覆った。

まさにその時、パコが目を覚まし、一言も挟むことなくエセキエルに飛びかかり、突然紛れもない裏切りと嫉妬と憎悪に見舞われた人間らしい憤怒をたぎらせ、呼吸も乱れるがまま、棍棒で殴った。二人は喘ぎながら縺《もつ》れ合って色々な容器の置かれた一角まで転がると、パコが膝で相手の両腕を抑え、髪を摑んで、狂ったように相手の頭を床に打ち付けはじめた。メルセデスは、もう手を離して、死んじゃう、乱暴はやめてと叫んだ。そしてエセキエルは、顔は血まみれ、毛深い肌は傷だらけの体で床に倒れたまま、屈辱のどん底、粘つく腐敗した流れにより復讐心が澱み溜まるどん底に沈んだ。それ以来、彼らは天敵の仲となった。だが思い上がった大馬鹿のパコは、己の勝利にふんぞり返ったまま、あのX脚の黒んぼが一見降参した風なのは、敵を惨《むご》たらしく殲滅すべく何があっても襲いかかろうとする人間が狡猾に退却しているだけなのだということもわからずに、あの部屋で眠り続けた。

「あとは全部、陰謀の果て」料金所を通過する際に私が火の点いた煙草を渡してやったあと、彼女は付け加えた。

街道は小高い丘の間を蛇行しながら海辺へと降りていった。そこから私は飛行機に乗り、己の記憶の病、今一度あの犯罪、膿、人によっては根と呼ぶものを味わってみたいという思いに駆られ再訪に至ったこの土地から、引き剝がされることになるだろう。

「オルランドを巻き込むのは腹が立つわね」と彼女。「不当だわ。彼のおかげでパコの身に何があったのかわかったのに。私に疑念が残らないよう、調べてくれたのよ」

当時准尉、現在大尉のオルランド・カニャスが作成した報告書には、次のように書かれていることだろう。《第二七作戦部隊構成員フランシスコ・オルメドはテロ組織の内通者であるという情報を受け、我々はその捕獲および排除を遂行した。排除の実行に当たったのは部隊の新隊長エセキエル・ペレスであり、またこの者は前述内通者に対する確かな証拠を提供している》。

「そうか？」と私。彼女の汗を味わうなどという大胆な真似のあとでは、嫌味は控えざるをえない。

そして付け加えた。

「あんたとくっつきたくてあいつを消したんだよ」

だが彼女には、もう葬り去って生き返る可能性は微塵もなしと整理済みの過去をめぐる私の脱線などには興味を示さなかった。

というのも私はさらに、エセキエルとパコがとある麻薬密売組織に属していたという筋立てを信じなければならなかったのだ。その組織は大規模な作戦を実行する準備をしていて（「焦るなよベイビー、近々でかい儲け話があるんだ、欲しいものは何でも買ってやれるぐらいの金が入る、カリカリすんなって」とパコは彼女に、二人が一緒にプランを立てはじめた直後から言い聞かせ、二人での生活を計画していったが、彼女はすぐにそんなものは夢だと悟った、というのも、あの男は全く不健全なことに首を突っ込んでいて、メルセデスが誇らしく思ってくれるだろうとそのことを自分から漏らしさえしたのであり、彼女は薄鈍《うすのろ》でも怖がりでもなかったが、エセキエルが関わるような商売はどれも大した結果にはならないだろうと思ったのだった）、その作戦には多数の要人が関与していたが、密告、やったのはエセキエルだがパコが唯一の責任者として槍玉に挙げられた密告により、中絶に終わったというものだ。

もっと詳しく知りたいか？　まだこんな諸々に興味があるのか？　私はそそくさと、やがて人生をまとめ直す気になった際に役立ちそうな彼女の喘ぎ声を土産に、単に姿を消したかった。酔いに慣れていない人間が二日酔いになると、自分をノックアウトした酒の匂いを嗅いでごらんと翌日に唆《そそのか》されるだけで嫌気がさす、ちょうどそんな気分だった。

「ちゃんと着いたかわかるよう、電話をちょうだい」彼女は言った。

ただの一夜、それだけの話で、パコやここの人間、私たちが祖国と呼ぶ汚濁をめぐる私の混乱は相変わらずのままだった。彼女の野心以外、私は何を手にしたというのだ？

「ブレスレットをなくさないでね」彼女は共犯者めいた口調で付け加えた。「オルランドが帰ってきたらすぐに事情を伝えて、いつならあなたと顔を合わせられるか教えてもらうから」

看板には「国際空港」とあった。そして彼女は私の手を握りしめようと、まるで恋心もしくは例のブレスレットが存在するかのように、あるいはシニシズムこそが、惑星の不吉な重なりによって生まれたこの同族を見分ける印であるかのように、私の手を求めた。

　車から出る前、逃げるような格好のキスをする前から私は、客室乗務員が運んでくる酒を飲む最中に退屈を挟み撃ちできるような、アドレナリンさえ出てくるほど興奮させてくれそうな布地の仮縫いに手を染めた。その布地の中では私はゲリラ側の秘密工作員で、オルランド・カニャス大尉、あの大量殺戮者を、死体にでもならない限り出てこられない独房にぶち込むべく、メルセデスと接触する指令を受けていた。

9

　エピローグ風に言えば、この小文はどの国のどの街で書かれたものであってもよかった。というのもパコの姿を再構成して楽しみに浸るのは、かつてずっと自分と無縁のままだったあの土地にすがってみようという最後の試みだったのだから。私の自己弁護としては、流浪はメランコリー患者特有の務めと明言しておくのみだ。

　デスクの反対側に座る女は、私がこの三文芝居に精を出してきたことの証人だった。その中で私は自分の姿をほんのわずか、ぼんやりと出すだけに留め、自分が巻き込まれることへの恐れを一つの美点へと作り変えようとしていたのだった。

「娘さんはパコに似てたの？」と訊ねたのは女、名前同様のかわい《リンダ》子だが、捉えがたい、窺い知れないところがある。私に股を開いた瞬間に私が彼女を新たなゴミよろしく捨て去るとわかっているからだ。

「軍人の野郎そっくりだったよ」と私。

「でももし向こうが探しに来ようと思ったら？　つまり、何がなんでもブレスレットを手に入れようって気になったら？」

「それはない。昨日の晩に電話して、会えてよかった、諸々お世話になって感謝していると伝えた。そんなブレスレットは存在しないと説明してやった」

「で、何て言われたの？」

「罵詈雑言さ。しまいには笑いだした。俺が国に戻ったら、気兼ねせず電話してくれって。どうよ？」

彼女には、こんなもつれた話に見合うだけの違う結末、もっとドラマチックなのがお好みだったろう。では私に言わせれば、パコの身に起こった出来事に関し最も信頼できる説はどんなものか？

ある日の午後、味気ない日々にうんざりして、政府転覆の脅しをかけていたゲリラの分遣隊を撃退すべく空軍が爆撃した下町地区へ見物に連れて行ってくれるよう、チノに頼んだ。抵抗運動への讃歌か、はたまた権力側のやりたい放題に対する鼻水混じりの嘆き節か。私の不健全な好奇心、高揚を嫌う人間の無関心から、これほどかけ離れたものもない。ただただ瓦礫、弾痕の空いた壁、焼けつくような希薄な大気に漂う汚辱。すると私の中でもう一つの真実、私にとっての真実が首をもたげてきた。主人公は老いたボロボロの売春婦、五〇〇ポンドの爆竹にやられた轟音の犠牲者で、その残骸の間に座り込み、胸の内から罵詈雑言を滲み出させていた。名前はラケル。その一〇年前の美しさを探ろうとすれば目を閉じなければならなかった。それもそのはず、彼女にとってノスタルジーとは忿怒《ふんぬ》、孤立無援の別名なのだ。だが私がパコのことを尋ねると、彼女は心ここにあらずといった感じで口を開いた。まるであの生涯を解きほぐすことが、ずっと前に見た、いくばくか不鮮明になった映画について語ることであるかのように。《当時の私はこんな廃人、こんなげっそりやつれきった骨と皮じゃありませんでした。若さ溢れる、というのでもありませんでした――嘘をついてもしょうがないですから。熟女真っ盛りでまだ体つきもグラマー、胸も張っていて、こんな皺なんてなかった。それに精神的にも喜びが溢れ、満足していました。全てが腐っていったのはこのクソ戦争の始まり、主が私たちに罰として与え、いつまでとも知れず与え続けるこの苦行のせい。時々、ここがもう地獄で、ただ私たちがまるで呪われた種族みたいに傲慢なせいでそう認められないだけだ、そう考えるんです。分かります？　パコのことならもちろん覚えてます、粋な若者で身なりも良くて、私たちみたいな吹き溜まりの仲間じゃないって遠目からでもわかりましたよ。エセキエルとかいうのと一緒に来てね。で、見るなり一目惚れでした。あんな熱烈な恋、それまでなかった。何日も何日もベッドで、外の虐殺なんてお構いなしで過ごしました。だってパコは人生が私に与えてくれた最高の存在だと感じていたから、無駄になんてできなかった。ご褒美、心が欲しがっていたもの、自分の中で愛とはこれだとずっと思っていたものだったんです。分かります？　私は物心ついた頃から商売女で、男の心もその悲惨も浅ましさもさんざん知っています。で、パコは何のお咎めもなしに火遊びができるものと思い込んだ、まるでいい家の出だから自分は無傷でいられるとでもいうように。大間違いね。ある日私に飽きた、もう好きじゃないと見切りをつけた。私が一〇歳近く年上の垢だらけの婆さんで、自分には他にふさわしいものがあるってわけ。そこに現れたのがあの生っ白い娘で、彼はあっという間に夢中になった。私はケツ拭き紙、それだけの話。でも私は彼にぞっこんで、丸々自分だけのものでいてほしかった。お分かりでしょ。罪というのはまったく思いがけない形で現れるものです。プライド、エゴイズム、憎しみ。私は耐えられなかった。人生でかつてないほど頭がカーッとなって、唯一頭に浮かんだのは、パコに自分の行いの代償を払わせられるような男を探すことでした。男の名前はペペ、自堕落な爺さん。私は反感と嫉妬と憤怒から彼を急き立てました。やがて良心の呵責が押し寄せてくると私は、あれはこの街に取り憑いた悪魔、呪《まじな》い師の仕業だって心に言い聞かせたんです、だってあれと同じ月にロメロ大司教が殺されたし、私たちの誰もが大虐殺に絡んでいたのですから。神父様に告解する際、犯した罪に絶望して狂いそうになりながら、そんなことをお話ししました。神父様は、主の憐れみは限りない、懺悔すれば私の魂は浄められるはずだ、そうおっしゃいました。でも私は自らの手ではなく、心と頭で罪を犯したんです。残りはペペが受け持ったのですから》

一九九〇年五月九日—六月八日

過ぎし嵐の苦痛ゆえに

我が挫折の口外できぬ痕跡たる、彼女へ

……被害といっても、やや大きなこぶが二つできていたのみで、彼が血だと思っていたのも、過ぎし嵐の苦痛ゆえに流した汗にほかならなかった。

——ミゲル・デ・セルバンテス『ドン・キホーテ・デ・ラ・マンチャ』

1

その男は自分の脳髄を吹っ飛ばす五カ月ほど前からこのバーに通いだした。決まって同じ時間、もう日も暮れて開店直後の、暑さもさして眠気を催すほどではない頃にやって来た。座るのは、カウンターのレジ近くの、いつも同じ椅子。注文するのはジントニック。ゆっくり、心配事でもあるかのように考え込みながらそれを飲んだ。時折質問やコメントを発した。顔色一つ変えず二杯目を飲み干したあとで、勘定を頼み、決まって同じ額のチップを置いて帰るのだった。最初のうちは週に一、二回、やがてさらに頻繁に来るようになったが、数日間顔を見せないこともあった。その時間帯は、ほぼいつも、彼が唯一の客だった。私がワイングラスを洗ったりコップを並べたりレモンを切ったりチェリーに楊枝を刺すのを眺めていた。立ち並ぶボトルともども細長の鏡に映る自分の姿を観察していた。軍人の匂いは、外見や肉付きや髪型から漂っていた。だが、夜も更けてからバーにやって来る他の軍人連中のように大騒ぎすることはなかった。ある日彼が、私の名を尋ねた。続いて、私がそれまで働いたことのある場所を訊いた。だが、親しくなりたいというのではなかった。夕刻の蒸し暑さやげっそりするような渋滞について話したあとは沈黙の中に姿を眩まし、やがて私に二杯目のジンを頼むのだった。いつだか知ったのは、彼の名前はルイス、ルイス・ラウダレス大尉で、LASA航空のパイロットだということだった。それ以上は不明。やがて新聞に、映画情報の間に紛れて彼の自殺のニュースが出て、証明写真サイズの彼の写真の下に、ルイス・ラウダレス大尉三二歳、昨日朝にラス・メルセデス区の自宅マンションで死体で発見と報じられた。新聞が事実として報じた話では、彼は深夜、極めて取り乱した精神状態の中、自分のピストルで自殺したとのことだった。それ以上は不明。その晩私はウェイター連中とボスのドン・ジョバニにこの件の話をしたが、バーのオーナーである彼はその男に見覚えがなかった。彼がバーにやって来る時間帯には、ルイス・ラウダレス大尉は帰ってしまっていたからだ。ともかくボスは、この件は忘れちまうことだと私に勧めた。そして実際に私は忘れ去った。やがて二週間ほどのち、やはり開店直後の頃に、一人の新顔の客が、ビールをちびちび啜《すす》りながら、私に話しかけてきて、いかにも嫌々ながらといった様子で、まず色々な酒について、次に一番客の多い時間帯について問いただしはじめた。だが私は初めから、どういうわけか、おそらくその紛うことなき軍人風の容貌から、勘づいていた。だからこそ彼がラウダレス大尉の名前を、強調するでもなく、バーの飲み仲間として出したときも、私は驚かなかった。彼は私に、奴のことを覚えているか、知っているか、新聞でニュースを読んだかと尋ねた。私は馬鹿を装いながら考えた。すぐに、もちろん、覚えていますよ、ニュースも読みましたと言った。すると彼が飛びついた。どのぐらい来ていたか、来るのは同じ時間帯か、一人か、連れがいたことはあったか、会話のネタは何か、誰か特定の人物の名前が出たかひょっとして覚えていないか。幸い、カップルの客がカウンターの端に席を取った。この男の、私が何か隠し出てしているとでもいうかのような脅す口調は、全く好きになれなかった。カップルの注文を訊き、厨房に行って食材と追加の氷を持ってきて、ポンチを作った。男がビールをもう一杯頼んだ。同じ、やや増長感すらある口調で、至急私と真面目に話がしたいと食い下がった。私は目的を尋ねた。ラウダレス大尉は自分の心の友、兄弟、血を分けたとまではいかないが心の友で、ずっと昔からの知り合いで多くの物を分かち合ってきた仲だ、まさしくだからこそ私と話がしたい、というのも自分は自殺説を疑っていて、ラウダレス大尉自身から毎晩このバーに通っていると聞かされていた、だからこそだ、というのも私は間違いなく彼を知る数少ない人間の一人だからだ。私は彼に、あなたのご友人はお一人でした、誰とも、私とも話もせず、バーにいるのはせいぜい一時間、この椅子でした、と私は指差した。ただそれだけです。私は辞去した。新しい客がバーに入ってくるところだった。男はビールを飲み干すまで、もうしばらく留まった。それから勘定を済ませ出て行った。

2

私が知りもせず、思ってもみなかったのは、ラウダレス大尉がすでに、断りもなく、おそらく偶然に、だが思いもよらぬほど深々と、私の人生に入り込んでいたことだった。そのことを数日後、驚愕とともに思い知らされたのだ。〈死の中隊〉が使う例の車が一台、バーの前に停まっていた。話しかけてきた人物は自らを、陸軍統合参謀本部大尉ホセ・マリオ・リマと名乗った。私は最悪の事態を恐れた。今すぐ私と内密に話がしたいと彼に告げられ、車内に入るよう誘われた。暗色の窓ガラスをした明るいブラウンのチェロキーだった。どうしようもない。実に凶悪な容貌の男が運転席に、同じぐらい無愛想な男が後部座席に座っていた。自分はラウダレスの同期であります、とリマ大尉は丁重ながらも軍人口調を崩さずに言った、自殺らしき仲間の死に個人的に疑念があり、本件を徹底調査すべく任命されています。私は同じ話を繰り返した。例の男は夕暮れ時に一人でやって来て、ジントニックを二杯、毎回静かに頼んでいただけです。自殺のニュースは新聞で知りました。私は今にも車のエンジンがかかるのではと恐れた。リマ大尉の質問はすでに聞き覚えがあるものばかりだった。私は彼にそう告げた。というよりも、彼は数日前に私に色々訊きにやって来た男と何か関係があるのか、尋ねた。向こうは計算するかのように、慎重に反応し、その男の風貌について、あるいはその男がラウダレスのことで何を知りたがっていたか、何か参考になりそうな情報を残していったか、問いただした。私はただ、あなたと同じで軍人風だった、来たときと同じく挨拶もなしに帰っていったと述べた。リマ大尉は名刺を取り出すと電話番号を記入し、その男がバーに戻ってきたら至急電話するよう私に告げた。私は、はい、もちろんです、と言いながらほとんど気をつけの姿勢で、早く車を出たくてたまらなかった。

3

私は仕事を変えようと思ったが、事態はそう単純ではなかった。しかも、突然何の痕跡も残さず姿をくらませば、向こうは怪しんで簡単にこちらの居場所を嗅ぎ当てるだろう、そうなったらこれは問題だ。

女房にだって打ち明けられるものではない。ただ心配をかけるだけ、「余計なことに首を突っ込んで」と責められ、大騒ぎされるだけだ。ドン・ジョバニにだって話せない。震え上がって私を追い出そうと決め込む可能性だってある。だが何日経っても、あの二人の軍人のどちらも再びバーに寄りつくことはなかった。私は幾分か緊張が緩んだ。きっと例の件はあれ以上の厄介事もなく方が付いたのだ。五月の中頃、暑さも厳しく、日々は緩やかに過ぎゆき、襲う睡魔が辛うじて収まるのはついに夜も更け、カップルたちが続々とカウンターに腰を下ろす、そんな時分のことだった。五月の中頃、戦争の最後の年のことだった、はっきり覚えている、というのも母の日の直後で、女房は私がプレゼントしたドレスのせいでまだ上機嫌の吐息を漏らしていたところを、夜明けに二人して、家の前の歩道の電信柱を吹っ飛ばした爆弾の炸裂に叩き起こされたのだ。爆発は私とは何の関係もなく、都市ゲリラの通常営業だったにしても、悪い予兆のような気がした。そして夜になり、あの人物がバーに──私の人生に、とも言えるだろう──、まるで、人と話したい、人当たり良く振る舞いたい、バーテンダーと話し込みながら心地よい一夜を過ごしたいとやって来るそこらの客よろしく、気づかぬうちに、すっと忍び込んだ。仲間内では通称ペペ、ペペ・ピンドンガ、生まれはライコ区、育ちも同じ、だが戦争がやって来てメキシコに越した、と彼は語った。戻るのは今回が初めてで、国の姿を確かめたい、もう一度この街を生きてみたいと思い、それでそこいらに山ほどある──という噂の──新しいバーや新しい売春宿をチェックしているところだという。本当にそうなのかい？　そっちはきっと事情通のはず、街のナイトライフに精通しているはずだ、と彼は私に言った。要チェックの場所はどこか、酒が一番うまいのはどこか、最高の女が集まっているのはどこかと尋ねた。そこからごく自然に、私の生活について、結婚しているのか、子供は何人か、このバーで働いてどのぐらいになるのか、聞きただした。かなり客がいたし、ドン・ジョバンニがレジのところからじっと観察していたので、私の答えも途切れがちだった。スミノフをショットで、さらに別のグラスでミネラルウォーターを飲んでいた。目玉焼きみたいな平べったい鼻をしていた。私が相手できないときは、カウンターの他の客と親しげに話し込んでいた。国内サッカー事情に、最高のダンススポット。しかしある時、もうほぼ真夜中という頃、彼は口調を潜め、大げさな身振りをやめた。打ち明け話か胡散臭い話でも申し出るように、ほとんどこっそりと私に話しかけた。だが唯一頼まれたのは、ガイドになってくれということだった。曰く、実は自分は観光雑誌の記者で、職務でサンサルバドルのナイトライフについてルポルタージュを書くことになっている。軽く六杯はウォツカを腹に収め、もう随分とほろ酔い気分なのだろう、と私は思った。彼はしつこく、いい仕事だよ、ばっちり払う、手の空いてる時間帯か、バーで働かなくても済むときにやってくれればいいんだ、と食い下がった。私は言葉が見つからなかった。彼は、自分が車を借りる、ただ一番いいスポットを指示して一緒に付いてきてくれればいいだけだ、と説明した。もちろん、経費は自分が持つ。焦らずゆっくり考えてくれ、と彼は言った。時給二五ドル出す。すぐさま私は掛け算した。五時間で大体一千コロン、二週間働いてドン・ジョバンニにもらえる額に相当。電話は持っているか、と彼は尋ねた。いいえ、でもどこかで待ち合わせできますよと私は答えた。彼は、翌日午後二時、世界救世主広場、シネマ・カリブの入り口で会おうと持ちかけた。私は計算した。それだと三時間しか取れないな。私は五時にはバーに入ることになっていたし、職を失う心積もりもなかった。

4

ほぼ新車のニッサンに私が乗り込んだ途端彼から、昼間からやってる売春宿に行ってみたい、巷じゃ〈美容室〉の名で通っている場所だ、前代未聞の現象だよ、そんなの戦争のせい以外に説明がつかない、と告げられた。特に美容室〈殿方専門《フォア・メン》〉という店を薦められたらしい。知っているかと彼に訊かれた。仲間のおごりで一度だけ行ったことがあります、女が全員マイクロビキニ姿の場所で、客が自分の買うものを正確に見極められるようになってるんです、と私は言った。ただし、と私は忠告した、入場料に必ず四〇コロン、女の子は別料金、ただ見に行くだけなら金の無駄ですよ。構わないと彼は答えた。私たちはクスカトラン・スタジアム方面に向かった。私は実に悠然と構えていた。エアコンの涼しい風、人の金でセックスできる、ただでビールが飲めるという見込み。私たちは狭い路地の端に駐車した。店の外に警備員がいて、四〇コロンを徴収する代わりにチケットを渡し、鉄の扉を開けていた。制服姿の兵士が六人ほど、M16自動小銃に装備品一式をまとい、入口あたりに座ってたむろしていた。ぺぺが怯えた。私は彼に、ほとんどの売春宿の経営者は軍人で、ここ数カ月ゲリラの間で売春宿をダイナマイトで吹っ飛ばすのが流行りになってるんです、と説明してやった。Tバック姿の、若い、上物揃いだった。私たちはビールを頼みに行った。角のソファーに場所を定めた。壁に掛かったポスターの〈メニュー〉にはこう書いてあった。「ノーマル一〇〇コロン　スペシャル一五〇コロン　三本柱二〇〇コロン　エスコート二時間二〇〇コロン」。これはどんな意味なんだとぺぺが訊いた。私は彼に、ノーマルは普通のセックスでスペシャルがフェラチオ付き、三本柱がさらにアナル挿入、と説明してやった。ホールではわずかに三人ほどの客が女の子たちと会話していた。ぺぺは緑のビキニの、ふくよかな褐色の娘《こ》を指名し、私に対して、恥ずかしがることはない、予算で一戦おごる、もちろん〈ノーマル〉な、と言った。

5

疲労困憊の中に満足感を覚えながら、ビールをもう一杯とばかりに部屋を出ると、ぺぺ・ピンドンガが——ソファから一歩も動かなかったかのようにリラックスしていた——彼の本当の仕事を明かした。自分は確かに記者だが、調査してるのは酒場の賑わいではなく、ルイス・ラウダレス大尉の自殺だ。私は一体どんな顔をしたのだろうか。というのも彼は矢継ぎ早に、心配はいらない、警察とかその手の人間とは無関係だ、ただルポルタージュを書き上げてメキシコで発表しようとしてるだけ、そっちの名前は決して出さない、と言ったのだ。彼はビールを二杯追加で注文した。彼は言った。落ち着いてくれ、あんたはただの一情報提供者、しかも脇役級、全然特別な存在じゃない、ウマが合ったものだから、もし自分の仕事を明かしたらあんたが避けがちに嫌々応じるようになるんじゃないかと思って、だから観光の話をでっち上げた、とはいえ実のところサンサルバドルのこういう側面を知るのに興味はある、自分の視界が広がるだけでなく、どうやらラウダレス大尉がこの手のいかがわしい場所に通っていたらしいんだ。ところで、奴にどんな印象を持ったか？　何だか自殺しそうだなと思ったことは？　こちらの捜査に役立ちそうなことを口にしたことは？　私は考え込んだ。どうやって私がラウダレス大尉と面識のあることを嗅ぎつけたのか？　いや単に、と彼は言った、大尉の婚約者が、大尉がほぼ毎日夕食前にあのバーに通ってて、唯一の話し相手はバーテンダーだったと教えてくれたんだ。彼はまた食い下がって質問した。私はいま一度、独り静かに佇むあの男の話を繰り返してやった。彼が、ここいらで腰を上げてもっと圧迫感のない場所を探そうと持ちかけた。二人して車に収まってから私は彼に、気を付けた方がいい、あんたより前に何人か軍人にラウダレス大尉のことを訊かれてね、無愛想な連中でしたよ、と忠告した。彼はもっと詳しく聞きたがった。私たちは南高速道路を進み、〈エル・モヌメンタル〉という名の大衆食堂に入った。私は起こった出来事を大まかに語った。彼は軍人たちの名前を誰かしら覚えているか尋ねた。二人目の軍人に名前と電話番号入りの名刺をもらって、一人目の方が現れたらすぐに電話しろと言われました、と私は答えた。彼は名刺を見せてくれと頼んだ。私はリマ大尉のボディーガードの凶悪な面構えを思い出した。ダメですよ、と私は言った、深刻な問題に首を突っ込むことになる、命にだって関わる。私たちは店外の席に腰を落ち着けた。ぺぺは考え込んだ。すると彼は一案ひらめいた。リマ大尉に電話して彼とアポを取り付けてくれないか、その際必ず、ぺぺはメキシコから来たジャーナリストで、ラウダレス大尉の親族の知人だと説明してくれ、と提案した。これは危険もいいところだ、私は加担したくもない噂話に片足を突っ込むことになる、そうしたら抜け道もわからないまま、下手をしたら殺されかねない。大袈裟だな、ただアポを取り付けるだけ、あんたは蚊帳《かや》の外だよ、それにその後は誰もあんたに頼ったりしないさ、とぺぺは言った。それでも私は納得しなかった。彼は軍人とかかずらうのがどれほどリスキーかわかっていない、相手にせずできるだけ離れていた方がいいのだ。そのとき彼が、聞き入れてくれたら金は出すよと請け負ったのだった。今晩のガイド代に七五ドル、アポを取り付けてくれたらこれからさらに七五ドル用意する。私は勘定した。一晩で一二〇〇コロン強。だがそれでも迷っていた。

6

ある男がメキシコから来たジャーナリストを名乗って、本人の弁によればルポルタージュを書くためにラウダレス大尉について尋ねてきた、と私は彼に伝えた。向こうは、自分（リマ大尉）について何か奴に話したかと訊いた。気を付けた方がいい、もう他の人たちが同じ件を調査中だとだけ忠告しておきました、と私は答えた。ペペ・ピンドンガから、その〈他の人たち〉と話してみたいと打ち明けられました。もし貴方、リマ大尉が、話してみようかと思われる場合は、今日の午後六時、例のバーにいるとのことです。彼は「なるほど」と言い、電話を切った。そしてその時刻、カウンター越しに、例の凶悪な面構えの連中の一人が入ってくるのが見えたが、私に会ったこともないような顔をして、奥のテーブルに陣取った。やがてリマ大尉が到着し、長椅子を引っ張ってくるとカウンターに両肘を突き、ビールを注文すると、例の奴はどこだと尋ねた。もちろん彼にはもうその姿が目に入っていたのだが、私は彼に、ドアの近く、二つ目のテーブルの男ですと教えてやらねばならなかった。隣に座るようペペに伝えてくれ、と彼は命じた、それから席を外してくれ。私はカウンターの奥に引っ込んだ。ペペは座る際、大尉を見ようと首を動かすこともしなかった、というよりボトルが立ち並ぶ後ろにある細長の鏡に映った自分の姿を眺めていた。髪を整え、ズボンの尻ポケットから財布を取り出すと、名刺を選び抜いて大尉に向けてカウンターの上に滑らせた。私は彼らの話に他人事でいようとしていたが、ペペがスミノフのお代わりとミネラルウォーターを注文した。リマ大尉は彼に、どこでラウダレス大尉の家族と知り合ったのか尋ねた。ペペは、自分は昔メキシコの大学の経済学部でラウダレスの妹のディアナと一緒だったんです、まあその後自分はジャーナリズムに行きましたが、と言った。二人の話ぶりはまるでそれぞれが自分自身に向かって呟いているかのようで、互いを見ようと顔を向けたりもせず、ただ鏡越しにちらりと視線を交わすだけだった。大尉はペペがこの街にやって来た理由を尋ねた。私はすでに再度退散し、グラスを拭いていた。二人の話に耳をそばだてようとしているなどと大尉に思われたくなかったからだ。ペペは例のルポルタージュの話を繰り返し、ディアナは兄の死が自殺ではないと思っていますと言った。大尉はビールを呷《あお》った。ペペは呟いて、もしかしたらあなた、リマ大尉が、兄の死に関するディアナの疑念を晴らす手助けをしてくださらないかと思いまして、と言った。なぜ私が？　とリマ大尉が反応した。私は、客の到来を待ちわびるかのように入口の方を振り返った。ペペは俯《うつむ》いて首筋を掻くと、ディアナがリマ大尉を彷彿とさせる旧友の話をしてくれまして、と呟いた。この二人の男の話に耳を傾ければ傾けるほど、首を突っ込んだせいで何やら得体の知れない問題にさらに巻き込まれるぞ、と私は考えた。私はキッチンに向かったが、リマ大尉に呼び止められた。ビールをもう一杯。するとここで、私がピルスナーの栓を開ける間、ペペはラウダレス大尉について自分が知る限りのことを明かした。優秀な若手、戦時中の大部分を最も勇敢かつ有能なパイロットで通しながら、突然空軍を辞めると決めた、納得のいく説明もなし、で民間路線の、ＬＡＳＡのスタッフになった、まるで一凡人みたいに。ペペはグラスの匂いを嗅ぐと鏡に向かって顔をきめてみせ、話を続けた。ラウダレス大尉は、ゲリラに占領されていたサカミル、メヒカーノス、ソヤパンゴの下町地区を一九八九年の一一月に爆撃した二カ月後に空軍を退職しています。しかも、自殺したのは結婚のちょうど一週間前。ここで今度こそ、私はキッチンへ下がった。この時間帯は、コックのイダリアがうまく切り盛りしてくれている。巻き毛の髪をした、告げ口好きの痩せ形の女で、トマトの値段について何か言ったかと思えば、退屈だと愚痴をこぼし、こんな早い時間にシフトを入れるドン・ジョバニは馬鹿かと文句を垂れた。私は彼女に、もう六時過ぎだよと言った。カウンターに戻るとペペに、大尉のビール二杯分込みで勘定を頼まれた。最後の話題を知らずにすんでよかった、と私は思った。二人は一緒に店を出るとどこぞへ消えていき、例の凶悪な面構えの男もその後に続いた。

7

翌晩ペペ・ピンドンガが、あの目玉焼きじみた平べったい鼻に、例の感じ良さげなふりを漂わせながらバーに姿を現したが、こちらといえば彼のせいで、リマ大尉の凶悪な面の手下の一人に来られて、今度しゃしゃり出るような真似をしたら後悔するチャンスすらないぞと念を押されていた。ペペの奴、一体何を話した？　だがカウンターに陣取られては、避けようがなかった。私は彼にスミノフを一杯、それとグラスにチェイサーのミネラルウォーターを注いだ。連れの男がいて、ペペは彼をラミロと呼んでいた。ただでさえ厄介事を担いできたというのに、まるで私が彼の友人関係に関心があるとでもいうようにその男を私に紹介したが、その男の喋り方はコミカルで、まるで日曜の晩6チャンネルで流される映画に出てくるメキシコ人みたいに、しょっちゅう「んだよこの野郎《ピンチエ・グエイ》、冗談じゃねえ《ニ・マドレス》、やっちまいやがって《ジャ・ラ・チンガステ》」などと口にするのだった。二人がやって来たのは一〇時も過ぎたころで、バーはかなり混んでおり、カウンターにすし詰めになってようやく場所を確保したが、それ以前から長いこと飲んでいた様子が窺えた。ラミロとか言う男は底意地の悪そうな笑みを浮かべ、ペペの耳元に囁きかけるその様は、まるで二人して御法度の話でもしている風だった。私は当然、ペペがラウダレス大尉の自殺ネタを蒸し返すのではないかと恐れた。だから彼に、ラミロはメキシコのジャーナリストでペペと同じ新聞社の特派員、いい奴だからあんたも話してみたら気に入るだろうと紹介されたとき、私はカウンターの奥に引っ込んだのだった。幸い店には、失礼に思われることなく彼を避けられるぐらい、充分な客がいた。そして彼らに身を寄せて話し相手になったのは、レジの近くにいたドン・ジョバニだった。ペペは彼に、ビーチ沿いに土地を買いたいんだが、どこか物件を知ってたりしないか、海の真正面がいいんだけど、と言った。彼らは価格や最高のビーチ、人余りに土地不足のこんな国では不動産こそ投資家にとって格好の選択肢であること、について話し込んだ。私は、このペペとかいう輩《やから》は一体何を隠しているんだ、と考えた。私との場合も最初はこんな風だった、最終的に彼の関心事と判明する話とは無関係の話題について語り合うのだ。ラミロは私に、トリプルのショットを注文しているところだった。グレープフルーツソーダがないと文句をこぼしていた。私を〈相棒〉と呼び、空のグラスを指差していたが、底意地の悪い笑みはそのままだった。すると突然私を近くに呼び寄せ、私の耳元に覆い被さると、その腐れ果てた呼気を私の耳に染み込ませながら、ペペはまるで宇宙人で、ふらりと現れてはふらりと姿を消す、そいつを忘れないようにな、と言った。もうすぐ真夜中というころ、バーがすし詰めの時間帯があった。映画館の夜間上映から出てきたばかりの綺麗なティーンエイジャーたちが彼氏を引き連れ、軽めのビールを注文し、辺りに香水の匂いをまき散らし、頭髪を照明で光輝かせていた。ペペがラミロと乾杯した。金髪に、と彼は言った、若き肉に、最高のフィレに。山ほど仕事があったにもかかわらず私は、ペペが一体いつまた私をはめるべく仕掛けてくるかと考えながら、用心を続けていた。だが時間はどんどん過ぎてゆき、バーも客が引きはじめ、やがてペペとラミロを含めて五、六人ほどになった。ラミロは何度も、場所を移そう、ソナ・ロサは嫌いだ、今回誘いを受けたのはただペペが親友だからで、そうじゃなかったらラ・ラビダかサン・ミゲリートの、若い女と本物の活気溢れる悪所に向かってただろう、こんなケーキ屋みたいなバーじゃなしに、と食い下がっていた。すると、ラミロが小便してくると告げ、ドン・ジョバニもキッチンに引っ込んでいたそのとき、ペペは機を逃さず私を捕まえた。初めにラウダレス大尉のことを尋ねた男はまた来たか、と彼は問いただした。私は、いいえ、そしてこの件は忘れたいんです、もう勘弁してください、すでに山ほど厄介事に巻き込まれているんで、と答えた。その男と至急連絡を取る必要があるんだ、と彼は言い張り、もし奴が姿を見せたら自分（ペペ）も同じ事件を捜査中なんだと伝えてくれないかと述べ、留守番電話のメッセージを残せる電話番号の書かれた名刺を寄こした。名刺はカウンターに置き去りとなった。ちょうどその時分、私は他の客にビールを運ぶところで、この件から完全に手を切りたい一心でどうにも落ち着かず、この電話番号を控えてしまえば前よりもひどいことになる、まるで自分にとってどうでもいいことに命をかけようとしているみたいだ、そんな感覚に襲われていた。幸いラミロがトイレから戻り、長椅子にも座らず、とっとと場所を変えようという意を示したが、ペペは最後に一杯飲んでいこうぜと食い下がった。するとラミロが名刺を見て、悪戯っぽく顔をしかめた。相棒、話が違うぜ、今日は商売の話はナシって約束したのにもう俺の番号を配ってるじゃねえの、と彼に言った。ペペは名刺を引っ込めるどころか、私に向かって突き付けた。私は受け取るほかなかった。すぐにレジ台の上、領収書と一緒に、感染の恐れのある傷口よろしく放置した。

8

私は間違っていなかった。突然、前よりもっとひどいことになったのだ。ペペとその友人がやって来た翌日、午後の四時ごろ、クスカトラン公園正面のバス停で職場に行く一〇一号番の路線バスを待っていると、突然偏光ガラスを装備したシルバーの4ランナーが急停車し、二人の男が降りてきて、私にピストルを突きつけた。私は車の床にうつ伏せに投げ出された。一発目の蹴りを食らう前、恐怖に固まり、失禁しないよう必死にこらえながら、人生の走馬灯が見えた。女房の顔、仕事仲間のひそひそ話、自分の遺体。車が停まった。私は目隠しと猿轡《さるぐつわ》をされ、外に小突き出された。みぞおちに一発食らい、地面に倒れた。それから放置されたが、息はあえぎ、立つこともままならなかった。何をしようにも痛くてのたうち回っていたのだ。吐きたかった、脱糞してしまいたかった、泣きたかった。やがて彼らが戻ってくると私の髪を引っ張り上げ、椅子に座らせた。私は一撃目を待ち受けた。だが私を罵るその声は、さっき見た走馬灯でも聞き覚えがあった。ラウダレス大尉についで最初にバーに来て訊きただした、あの恐ろしい形相の男。いい加減にしろよ、と彼は言った。自分に協力するか、全て永久に忘れ去るか。

彼は私とリマ大尉との会話、そして大半の時間、ペペ・ピンドンガとの会話について訊ねた。私はあまりにたくさんのことを早口で言おうとしたので、もっとゆっくり話してくれ、焦ることはない、落ち着け、でないとあとで録音を聴いても何も聞き取れないと言われた。だが私は、協力の用意、しかも私には無関係の件について協力の用意があると、彼に微塵も疑われたくなかった。彼は執拗に、ペペがラウダレス大尉の一件に関する自説を披露したかどうか思い出すよう問いただした。さらにペペおよびリマ大尉との会話の詳細を枝葉末節に至るまで求めた。ある瞬間、まだ尋問は終わっていなかったが、私の不安感が、完全にではないにせよ、どうやら助かったようだと直感できるまでには治まった。そして例の声は、質問する代わりに、国家体制破壊を目論む反空軍の陰謀について弁じ立てた。国際共産主義と当地のテロリストにより仕組まれた陰謀で、ペペ・ピンドンガはその有害な手先、その任務はラウダレス大尉の自殺を軍人仲間により遂行されたと思しき犯罪に仕立て上げること、そうして国際社会からの中傷を巻き起こすのが目的なのだ。わかったか？　よくわかりました。だからこそ、と声は続けた、お前はこの陰謀を解体すべく協力するんだ。でなければお前も共犯とみなし、冗談抜きで後悔することになる。私は切れぎれの声で、お任せください、私は政治のことは何一つわかりませんが、できることは何でも協力します、と答えた。すると声は、縄を解いて目隠しを外すよう命じた。光よりも、命を取り戻せたという感覚の方が強かった。そしてそこにあの男がいた。相変わらずの傲慢さを漂わせ一目で軍人とわかる出で立ちで、私のことを、まるで何かに使えるだろうとゴミ挟みで拾い上げる類の汚物でもあるかのように観察していた。そのとき彼が、私が取り次ぐ際は常に〈少佐殿〉と呼ぶように、と命じた。間髪入れず、私の任務はできるだけペペに接近し、その真意を確かめ、事前に阻止できるよう努めることであると断じた。これを、彼に怪しまれることのないよう遂行すること。すぐに彼に電話し、ラウダレス大尉のことを初めに尋ねてきた男がバーに戻ってきて、電話番号の書かれた名刺をもらったと伝えること。そのあとペペに捜査への協力を申し出て、奴の最終目的が何か確かめるように。少佐は、必要と判断した際は、バーで私と連絡を取る。

9

私がバーに着いたのはほぼ午後の六時半で、バス停で攫《さら》われてからほんの二時間ちょっとしか経っていなかったが、私にとってはまるまる一生分の時間だった。殴られたせいで痺れがあったため、ドン・ジョバニには、遅れたのは運転手の無責任のせいでバスから振り落とされたからだと説明しようと思った。彼は、金曜日でてんやわんやになるかもだが、もし具合が悪いのなら帰ってもいいと言った。私は礼を述べたが、そこまでの大事ではなかった。何より少佐から、まさに今晩ペペと接触せよと言われていることを考えれば。そして私は命令を遂行した。ドン・ジョバニが親しい客と話しに持ち場を離れたとき、私は名刺に書かれた電話番号にかけてみたが、つながったのはラミロの声の留守番電話だった。そこで発信音のあとに、自分はバー〈憂鬱持ちの巣窟〉のバーテンダーで、ペペ・ピンドンガと至急話がしたいと吹き込んだ。おそらく一時間後だったろうか、打撲の痛みがもうぶり返してきて、やはりお言葉に甘えることにします、どんどん具合が悪くなってきているので家に帰らせてもらいますとドン・ジョバニに告げる寸前、ペペが一人でそわそわしながら入ってきた。一番目の奴が来たか、自分の電話番号は渡してくれたかと出し抜けに訊かれた。ええ、もうあなたのことはご存知ですと私は答えた。ぺぺは、どんな風貌だったか、どんな印象だったか教えてくれと訊いた。顔を覚えるのは大の苦手で、と私は説明した。軍人風でしたよ、と言おうとした矢先背中に激痛が走り、私は肋骨を折られてやしないかと考えた。ぺぺに、バスから振り落とされて全身痣だらけで、ひどく具合が悪いんですと語った。ここで私はひらめいた。もう体調不良が我慢の限界だとドン・ジョバニに告げて、ぺぺに車で家まで送ってもらおう。で、実際にそうした。新車の匂いがする、同じニッサンだった。家はサカミル区だとぺぺに告げたが、ぺぺはその前にちょっと一杯引っ掛けていこう、気分が晴れるぜ、何より痛みも忘れて安心して眠れるようになると提案した。私は難なく折れた。しかも、彼のおごりだ。ぺぺが夕食をとりたがったので、私たちはローズヴェルト大通り沿いの〈パラシオ・チノ〉にしけこんだ。私はすでにバーで夕食をとっていたし中華料理は嫌いだったが、ウォツカとコカコーラを頼んだ。そうして私は、しつこさに負けて、少佐の風貌を描いてみようとした。恐ろしい形相で、豊かな口ひげを蓄え、白い肌に、髪型は軍人風。ぺぺは、奴はエルサルバドル人だったかと訊いた。もちろん、疑いの余地なしです。どうして、外人かもなんて思うんです？　ひょっとしたらってだけだよ、と彼。私は、なんで奴があの件の捜査にこだわるのかさっぱりです、みんなあれは自殺だったと一致している風なのに、と述べた。ラウダレス大尉の妹が疑ってる、怪しんでるんだ、だから俺が捜査してるんだよ。私がわからないのは、と私は言った、どんな点が怪しいのか、誰が怪しいのかってことです。私はいつの間にか飲み終わって二杯目を頼んでいた。ぺぺは、いかにも情報を突き合わせているような様子で、押し黙っていた。ディアナ、ラウダレス大尉の妹が持ってる情報からすると、どうも彼女の兄貴を消したがってる奴らがいるんだと彼は断じた。どんな情報、どんな奴らです？　まさしくそれを解明しようとしてるんだよ。本当に誰かがラウダレス大尉を始末しようとしているのか、そしてそれはなぜか。件《くだん》の情報はあまりに茫洋としていて、精確さに欠ける。何通かの手紙でラウダレスが、口をつぐむよう頼まれたと仄《ほの》めかしているだけだ。彼はスミノフを呷《あお》った。ウェイターが彼に、ふんだんにソースのかかった何やら汚らしい料理を運んできた。手紙は読んだんですか？　ああ、でもラウダレス大尉はかなり取り乱していて、その仄めかしが狂気の一部でないかどうか判断しがたくてね。二杯目を飲み終えると私はほろ酔い気分で、殴られて意気消沈していたのもどこ吹く風だった。しかも、今度少佐がバーに姿を見せたときに提供できるネタを入手できて心が弾んでいた。だが、ディアナとはどういう関係なのか？　昔の恋愛関係、切っても切れない友情、帰巣本能。だがその点について彼は語ろうとせず、私の生活について聞きたがった。そこで私は堰《せき》を切った。酒も三杯目で、夕刻の緊迫状況、あちこちの痣も手伝い、諸々に謀《はか》られるようにして私は、喋りたい思いに襲われたのだった。女房はクソみたいな性格でね、トルコ人〔シリアやレバノンなど中東系の移民を指す。旧オスマン帝国領から来たことから伝統的に「トルコ人」と呼ばれる〕が経営する雑貨屋で経理助手の仕事をしてるんです。子供はまだいません。人生なんざ、正味の話、自慢できる代物じゃありません。私のは運命とは言えません。というより業《カルマ》みたいなもんです。そんなに悲憤慷慨するもんじゃない、こんな大虐殺があったこの国で生き残ったんなら、誰だって運が良かったと思わなきゃよ、とぺぺは言った。私が言いたかったのは、自分で好きこのんだわけでもないのに、今回のラウダレス大尉の件のような馬鹿げた危険な状況に突如巻き込まれているこの有様のことだった。私がそれと何の関係がある？　それもこれも件《くだん》の男が、バーのカウンターで何杯かジンでも引っかけようと思いついたせいだ。こんなのはおかしい。私はラウダレス大尉のことなどこれっぽっちも知らなかったし知りたくもなかった、彼と関係のある連中のこともだ、でも今こうして、訳も分からないまま問題に足を突っ込んでいる。そのことを言っているのだ。ぺぺがもう一杯頼んだ。最悪なのは、みんな私が情報を持っているかのように、私から何か入手できるとでもいうかのように私を付け回すことだ。そしてここで、ウォツカのコーラ割りを呷《あお》ると、私は憤懣やる方なくなり、どいつもこいつも、特に私がタコ殴りされた元凶の少佐、だがさらに凶悪な面をいくつも従えたリマ大尉も、おそらく我が不運の主要因たるぺぺ・ピンドンガも、一切御免だと思った。そして彼にそう伝えた。するとそれ以降、例の走馬灯が私の中で消え去った。きっとよほど大声でまくしたてたのだろう、ぺぺが、ずらかるぞ、場所を移ろう、レジの中国人に変な顔で見られてる。私は彼に、中国人なんて知るか、さっさとずらかるぞと言った。車に乗ってから、体を動かしたのと外気のせいで、完全に酔いが回った。自分の人生が変わってしまったのはあんたのせいだとしつこく責めた。今となっちゃ、殺されかねませんよ。大袈裟だな、そんな大したことじゃないと彼は言った。私は怒りと孤立無援の奇妙に入り混じった感情を覚えた。一体何杯飲んだのやらさっぱりだったが、胃がむかついていた。ぺぺに、ちょっと車を止めてほしい、気分が悪いんですと告げた。ドアを開け、車から降りもせず、側溝に吐いた。大袈裟な話じゃない、こっちの身に起こったことを体験したなら言ってることがわかるはずだと私は言った。人生最大の恐怖ですよ。殺されると思ったんだぞ。大したことじゃないって？　痣を見せましょうか？　大袈裟だなんてよく言えたもんだ！　おそらくその頃から私は泣きだしたはずだ。あるいは延々とぶちまけ続けていたか。思い出せない。

10

目が覚めてぎょっとした。見知らぬ家のソファに寝転がっていたのだ。朝の光が窓から射し込んでいた。ぐったりした気分だった。煉瓦で殴られたみたいに頭が痛かった。体を起こそうとした。だがまるで体が捕らえられているようで、ちょっと動くだけで激痛が走りそうな感じがした。女房の許《もと》に帰ったら何と思われるだろうか、どんな言い訳をしようかと考えた。ようやく座ることができた。心底具合が悪かった。今や痣の一つひとつが刺すように痛かった。台所を探した。水をコップ二杯飲んだ。ぺぺが泊まっている家なのだろうと考えた。どうやってここまでたどり着いたのか？　酷いな、何も思い出せない。だが部屋を偵察したりはしなかった。早く立ち去らなければ。駐車場に出た。フォルクスワーゲンのビートルが停められてあった。表には例のニッサン。ここはどこだ？　私は角まで歩いた。左側に、カミノ・レアル・ホテルの上部が見えた。こいつは有難い。ほんの三ブロックほどで大通りに着き、そこから家に帰るバスに乗れる。ぺぺに、私が捕まったこと、少佐に受けた仕打ちのことを打ち明けたりしたろうか？　思い出したくもなかった。

11

果たせるかな、翌日午後、バーを開けて間もなく少佐がやって来た。確かにぺぺは、ラウダレス大尉の死にはきな臭いところがある、彼の妹が、兄を消したがっている連中の存在が読み取れる手紙を持っていると主張していました、と私は彼に語った。ペペはその手紙を持っているかと私は尋ねた。そうは言っていませんでした、読んだとだけ、と私は言った。ビールをお出ししましょうかと私は尋ねた。彼は、今すぐペペと接触して彼がその手紙を手元に持っているか調査するよう命じた。ペペからこちらに向かわせるようにしたいのですが、と私は提案した、でないとあまりに怪しくなってしまいます。彼は考え込むような顔をした。私はビールを出した。ふざけた真似はやめろ、今すぐ電話して手紙のことを確かめるんだ、と彼は命じた。ところで、ペペはこっちがお前と接触のあるのを知っているのか？　ええ、と私は答えた。あなたが外人かどうか訊かれました。彼は驚いた。奴に何を喋った？　何も。彼が犯罪者のような視線を投げかけた。私は自分の無実を繰り返し主張した。ペペにはただ、少佐殿はすでに彼に関する情報を把握していると伝えただけです。すると彼は、至急電話するようにと私を促した。ペペ・ピンドンガに何を話せと？　間抜け面してないで早くしろ、と少佐は歯を食いしばって唸った。私はレジへ向かった。番号にかけたが、ツイていた。答えたのは留守番電話だったのだ。バーテンダーです、至急ペペと話がしたいのです、こちらに来るようお伝えください、と私は言った。不在でよかったです、と大胆にも私は言い放った、怪しまれずにこちらから提案する方法も思いつかなかったでしょうから。ちょうどそのとき電話が鳴った。至急だなんてどうしたんだとペペが尋ねた。私は、二人だけで話がしたいと告げた。夜零時以降、バーの仕事が終わってから会わないかと向こうが持ちかけた。何時に上がれる？　そこが困りどころなんです。こっちが上がれるのは最後の客の喉の乾き具合とドン・ジョバニの肝臓次第なもので。じゃあ明日にするか。だが少佐が、犯罪者めいた渋面を浮かべながら寄ってきていた。可及的すみやかに今晩ペペと待ち合わせろと合図を送ってきた。そこで、私たちはそう約束した。私は電話を切った。少佐は、真夜中ならペペはもうへべれけだ、だからもっと簡単に情報を引き出せると説明した。手紙の件、それからリマ大尉と何を話したのか確かめるのに集中すること、と繰り返した。私は怯えた。ペペに私と少佐の共犯関係を悟られることなしに、どうやってそんな情報を入手することができるのかと考えた。心配もあった。ウェイターの一人で早い時間帯から一緒に仕事に入っていたロニーから、あのおっかない形相の奴と何かあったのか、厄介事でもあるのかと訊かれたのだ。あとはもう、このゴタゴタに勘づいたドン・ジョバニに店から叩き出されるのみだ。

12

ペペ・ピンドンガが例のラミロとかいうのと連れ立ってバーに姿を現したのは、もう夜の一時だった。ツイていない。ペペに少佐の知りたがっている質問をするタイミングが難しくなってしまう。二人はほろ酔いで、目は爛々としていた。それぞれが酒を頼んだ。ラミロはまた、ラム酒と合わせるグレープフルーツソーダがないと不平をこぼした。ドン・ジョバニが二人に挨拶にきた。すぐさまペペが、一つ大事なお願いがあるんです、断っちゃいけませんよ、ナイトライフの豊かさと物騒さ加減をご存知のドン・ジョバニならなおさらだ。ボスは警戒した。おそらく、ペペが借金か酒代のツケ払いでも頼む気かと考えたのだろう。だから、ただ単に私が今すぐ彼らと店を出る許可を出してほしい、ガイドが必要で、もうテーブル一つに四人組の客が残っているだけじゃないか、という話だとわかったとき、ドン・ジョバニは、もちろん、でもしっかり護ってやってくださいよ、こんなに責任感のあるバーテンダーを他に探すのは一苦労ですからね、と言ったのだった。私は、彼が明日の晩どんな風に私を問い詰めるだろうか想像した。とはいえ、私が足を突っ込んでいるゴタゴタに比べれば、どうということはなかった。ウェイターのロニーは、二人の男の後ろにくっついて店を出る私の姿を見て、怪訝そうなそぶりを見せた。そして私はニッサンの後部座席に身を沈め、とてつもない不安に押しつぶされながら、これは夢なんだ、今に目が覚めて元の生活に戻るんだと考えようとした。だがそこでペペに、急な話って何だと訊かれた。私は黙りこくった。ラミロは俺の相棒だ、怪しまなくてもいいと彼は言った。私たちはサンタ・テクラの市街地方面に向かっていた。どこへ行くのかと私は訊いた。ラミロがこちらを振り向いた。相棒の話なんか耳を貸すもんじゃねえ、こいつの厄介話なんて一切聞きたくないからさ、分別に乾杯。そしてプラスチックのコップに入ったラム酒を呷《あお》った。私たちは世界救世主像のところまでやって来た。道は空いていた。ペペは、今から〈セイサ〉に行く、ラミロが常連の売春宿だ、エベリンとかいう、褐色ですげえスレンダーボディの女が楽しませてくれるんだと、家まで出張サービスできるよう仲良しの同僚にかけ合ってくれるかもしれない、そうすりゃ朝もちっとは潤うってもんだ。その店については私も耳にしたことがあった。行ってみると建物は二階建てで、タクシー運転手と鉄の扉に警護されており、そこに開いた窓から一人の男が私たちを検査した。入ると、囁き声といろんな匂いが充満する薄暗がりが広がっていた。最初のホールにカウンターがあって、ドン・ジョバニのバーのよりも長かったが、もっと平凡で汚かった。ラミロが何人か女の子に挨拶して、自分にはラム酒のグレープフルーツソーダ割り、ペペにはウォッカ、私にはビールを注文した。突然、ロス・ブキスの歌がホール中に鳴り響いた。私たちは小さなパティオに向かった。スチールのテーブルを囲んで座った。奥の暗闇にはもう一つ、さらに女の子のいるホールがあった。ラミロが、ちょっと一回りしてくる、あんたたちだけで話せるようにね、と言った。私はペペに、例の一人目の男がまたバーに来て、ペペがリマ大尉と何を話したか突き止めるよう要求されたと語った。それだけじゃない。どういう経緯か知らないが、奴はラウダレス大尉がメキシコの妹に送った手紙のことを知っていて、それがペペの手元にあるか知りたがっていた、とも。新しい客が入ってきたが、おぼろげな赤色の照明の下ではほとんど姿を見分けられなかった。奴に脅されたか、とペペは尋ねた。もちろんです、あいつはヤバい、死ぬほどビビりましたよ、と私は狂乱寸前で言った。ペペはウォツカを飲み、それから考え込んだ。私は全て洗いざらいぶちまけ、彼の助けを求めたかったが、そんな真似は自殺にも等しかったろう。こっちはリマ大尉から、統合参謀本部向けに作成されたラウダレス大尉自殺関連報告書を読む許可を得てるんだと伝えてくれ。忘れないでくれよな？ それから手紙はメキシコに、万全に保管してあると。私は急いでビールを飲んだ。奴は軍人か、とペペが訊いた。そんな風でした、と私は言った、でも一切名前は明かしませんでした。そしてラミロがエベリンという褐色娘を連れて戻ってくる少し前にペペは、その少佐と会ってみたいんだ、それから例の件をそいつに伝えるのを忘れないでくれと念を押した。ラミロがペペに、こいつはこの辺数キロで最高の女だ、マジだぜ、今すぐペペにアフターしてほしい、一生忘れられない秘密を教えてあげるってよ、と告げた。エベリンはにっこり笑った。この業界の目印である金歯が、薄暗い中で眩しく輝くのがはっきりと見えた。二人が座ろうとしたそのとき、私の目にリマ大尉と凶悪な面が一人、カウンターに寄りかかっている姿が飛び込んだ。私はペペに合図した。ラミロが瞬時に悟った。エベリンの腕を取って、カウンターへと向かった。私は立ち上がって大尉に挨拶し、やはりカウンターへ向かった。ラミロは私に、もう一杯ビールを飲むか尋ねた。もちろん。脂ぎった顔に汚れたエプロンの太った女が、カウンターの奥でのっそり無表情のまま動いていたが、客の注文にちゃんと耳を傾けているのか窺い知れなかった。ビールの注がれた巨大なグラスの写真が額縁に収まって、奥の壁に掛けられていた。私はテーブルの方を見遣った。リマ大尉とペペは二人の旧友さながら、穏やかに会話していた。ロス・ブキスの音楽が相変わらず大音量でかかっていた。ラミロから、特に気に入った娘《こ》はいるかと声をかけられた。まことに残念ながら、エベリンはペペが予約済みでね。私はそのホールを歩き回る女の子たちを物色した。それから、天井に吊り下げられた二つのファンに視線を据えた。ペペとリマ大佐は一体何を摑んでいるのか？例の凶悪な面はずっとカウンターの、私から二、三メートル離れた場所に留まっていた。ラミロが私に、こちらをしつこく見回している豊満な女の子を指差した。ペペとリマ大尉は、少佐にも関わるような手がかりを元に協働しているのだろうか？　どのみち、私に何の関係がある？　すでにこれ以上口を挟む必要もないぐらいに厄介だらけじゃないか？　私はホールに背を向け、カウンターに肘を突き、女性のヌード写真と何本かの酒のボトルの写真が切り抜かれてベタベタと貼られた汚い鏡に視線を向けた。だがここで、人生最大の恐怖が襲った。私の顔と並んで、少佐の顔が鏡に現れたのだ。私は身じろぎもせず、これは一時的な幻覚なのだとばかりに、振り返りもしなかった。ビールを呷《あお》った。だが彼はすでにその場にいて、今にも私を尋問せんばかりだった。ひどく小便したい気分に駆られた。ラミロに、便所はどこか尋ねた。小さなパティオ脇の廊下を進み、奥のホールを横切った先に、悪臭漂う個室が立ち並んでいた。背後から少佐がやって来た。私は彼に、リマ大尉がペペに、統合参謀本部向けに作成されたラウダレス大尉自殺関連報告書を見せたと告げた。報告書の内容は何だ？　ぺぺは詳細には立ち入りませんでした。私は小便を済ませた。少佐は個室の敷居に立っていた。その報告書の内容を確かめるよう、私に要求した。悪臭が耐えがたかった。手紙は？　メキシコにあるそうです。少佐が脇に退いた。一人の客が小便しに入ってきた。これ幸いと私は外に出た。私たちは奥のホールに向かって歩いた。少佐は、ぺぺとリマ大尉が何を企んでいるのか確かめるよう念を押した。一緒にいる姿を見られない方がいい、と言ってから、再びカウンターへ向かった。私はその暗闇に取り残された。そこでは女どもの姿はぼやけたシルエット、きらめく模造の宝石に過ぎなかった。ロス・ブキスの別の曲が大音量で鳴り響いていた。私は廊下を進んだ。ぺぺとリマ大尉はまだ小さなパティオに居座っていた。少佐はカウンターの、例の凶悪な面の近くで、肘を突いていた。私が通るのを見てぺぺが、首を動かして私を問いただした。私は少佐を見据えた。あたかも火花が散ったかのようだった。これはまずいとばかりに少佐がその場を去った。ぺぺとリマ大尉が立ち上がって後に続き、さらにその後を凶悪な面が追った。全てがわずか数秒の出来事だった。

13

私たちはラミロの家に着いた。例のカオスから程なくして〈セイサ〉を出て、タクシーに乗ったのだった。私は体が、特に少佐の姿を見据えた際に向こうから投げかけられた犯罪者めいた視線を思い出すと震えて仕方なく、思わずそのことを打ち明けてしまっていた。落ち着けよ、とラミロが私に言った。だが人生であれほどの恐怖を感じたことはなかった。もう助かる道はない、絶対に。今にも少佐に殺される。そのことを私はラミロに告げた。私は泣きたくて仕方がなかった。頼むからうちに帰してください、女房を一人にさせておけません、少佐が報復にうちのやつを始末しようと思いつくかもしれない。ラミロは、ペペが戻るまで待った方がいいと言った。私はラム酒を勧められた。リラックスだよ先生、と彼は言った。だが私は注がれたラム酒を一息で流し込むよりほかなかった。恐ろしい。ラミロさんはペペとリマ大尉が何を摑んでいるのかご存知ないんで？　何にも。あんたの方がずっと情報を持ってるよ。この件に関心もない。軍人どもにはヘドが出るけど、ペペの奴はいつだって厄介で危険で役立たずの事件ばかり嗅ぎつけやがる。私がそんなこと知らないとでもいうのだろうか。この家にはほとんど家具がないのに私は思い至った。わずかに、私が前の晩に寝たソファ、ダイニングテーブルにガタガタの椅子。家の前に車が停まった。ペペだった。興奮して入ってきた。例の奴の名前はアグスティン・ベリーオス、元空軍少佐で一年前に除隊になってる、自分、ペペの睨んだとおりだ、事件から膿が滲んできやがる。あまりの興奮に喋りながら手を擦り合わせ、ここまで楽しそうな様子を見て、私は怒り心頭に達した。無責任な奴め。彼のせいでこっちは殺されかけているのに。ラミロが、少佐は捕まえられたのか、話はできたのかと訊いた。ペペは、いや、だがリマ大尉が説明してくれた、ベリーオスは除隊するまでルイス・ラウダレス大尉の上司だったそうだ。わかるか？　おい相棒、俺が唯一わかるのは、お前ら二人してこちらの哀れな御仁の人生をめちゃくちゃにしたってことだよ、とラミロが私を指して言った。私は二人に、至急帰りたい、どちらかが家まで送ってくれないかと言った。ペペは沈痛な面持ちになった。あんたが厄介なことになっているのはわかってる、今からこっちで解決方法を探すから。あの少佐が見た目どおりの不審人物なら、こちら様は――とまた私を指した――死体安置所へまっしぐらだぜ、とラミロは、淡々と、自分に言い聞かせるように言った。お前だってそうだ、と今度はペペに向かって言った。私は、家まで送ってください、女房を一人にはしておけません、と食い下がった。ラミロが、みんなで最後に一杯飲もう、もつれた話もわかってくるかもしれない、と提案した。ペペは、心配するな、そっちに問題が起こらないよう、少佐が不愉快な真似をしでかさないよう、リマ大尉に事情を話してみると言った。リマ大尉は悪い奴じゃない、俺にはわかる、意地でもラウダレス大尉の死の真相を解明しようとしてるんだ。ラミロが、私の件でリマ大尉に何かできるかは疑問だと表明した。もし少佐が除隊済で闇組織の一員になっている場合は特に。至急帰るんですよ、と私は食い下がり、夜更けだろうが構わず外でタクシーを拾う気満々で立ち上がった、というのも二人とも送ってくれそうな気配を感じなかったのだ。するとラミロが、俺の車で行こうと言った。私たちはフォルクスワーゲンのビートルに乗り込んで出発した。三ブロックも進まないうちに、ラミロがバックミラーを確認しだした。私は振り返った。車が一台、五〇メートルほど後ろから尾《つ》けてきていた。ペペも気づいた。どうする？ 少佐はお前さんの家の住所を知っているのか、家まで行ったことがあるのか？ ペペが訊いた。私はもう助かる道はないと悟った。まさしく袋のネズミ、だからクスカトラン公園の前で私を拉致できたのか、尾《つ》けられてたんだ。ラミロはスピードを上げこそしなかったが、英雄大通りに出るとカミノ・レアル・ホテルに向かい、ロビーのドアの正面に駐車した。例の車はそのまま過ぎ去った。少佐が〈セイサ〉を出たときのマツダだ、とペペが言った。私は我を失っていた。家に向かうんだ、早く、でないと女房があいつらに殺される。女房は一人きりなんだ、とにかく急いで。落ち着け、とラミロが言い、車から降りてホテルに入った。きっと奴らは我が家に向かっている、彼女でもって報復するつもりだ、今すぐ行かないと。ラミロは何をやってるんだ？　何をもたもたしてる？　落ち着けって、今度はペペが繰り返した。落ち着けとは何だ！　あんたのせいでこっちは殺されかけて、女房は危険、人生終わりですよ！すぐにラミロが戻ってきた。大使館のダチに電話してきた、と言った。早く！　私は叫んだ。もうおしまいだ。二人の顔色が変わった。今度こそラミロはアクセルを踏んだ。奴らより先に着かなければ。赤信号も無視した。大通りを大学まで進んだ。今にもマツダの姿が見えるかもしれない、あるいはひょっとしてもう向こうで彼女が襲われているかもしれない。私は二人に道を教え、ついに集合住宅の駐車場にたどり着いた。女房に何て言えば？　家にこもってても少佐に二人まとめて殺されるだけだ。ラミロが、今すぐ彼女を起こして二人で一緒に来るんだ、と言った。私は飛び跳ねるように車を出た。二人とも駆け足で私の後を追った。大使館のダチの家まで送る、とラミロが言った。私は二段飛ばしで階段を駆け上がった。だが二階に着いたとき、踊り場から、例のマツダが駐車場に入るのが見えた。

14

恐れていたとおりだ。女房はいなかった。アパートから無理やり連れ出されたんだ、間違いありません。ペペが、荒らされた形跡はない、おそらく母親か他の親族の家に泊まってるんだろうと言った。女房の家族はアメリカですよ！　あいつらに、少佐と用心棒たちに誘拐されたんだと私は言い張った。もしかしたらまだ下に、駐車場のマツダの中にいるかもしれない。急いだ方がいい。そして私は駆け足で、アパートを出た。だが階段を降りきったとき、例の車はタイヤを軋ませながら駐車場を出るところだった。私はやけくそに、その後を走って追いかけた。女房を返せ、無関係だろと叫びかけた。だが無駄だった。ペペとラミロが追いついた。自分から危険な真似をするな、向こうは武装してるんだぞ、撃たれる可能性だってあったと言われた。追いかけよう、今すぐ、と催促した。二人は同意の様子を見せなかった。女房が外泊している可能性があるか思い出すよう、ペペが言い張った。あり得ません。誘拐されたのがわからないんですか？　急がなきゃ。私たちは車に乗った。ラミロが、自分の家に落ち着いて、どうするかじっくり考えようと提案した。私は例のマツダの後を追える希望を根こそぎ失った。女房があそこに、あの犯罪者連中に囚われの身でいるのはわかっていた。後部座席に崩れ落ちた。泣きだした。ペペが、女房がマツダの中にいるのを見たのかと訊いた。見分けようなんてなかった。全てがあまりに一瞬だった。でもあの中にいるのはわかってる、間違いない。こんなことが起こるなんてありえるか？　女房の姿が頭を駆け巡っていた。今頃は手荒な真似をされてる、私のせいだ。もう拷問だってされたかもしれない。ペペは何かできるかリマ大尉に電話してみると言った。ラミロはがら空きの暗い道路をフルスピードで飛ばした。私は、大きな玉が胸につっかえたかのようだった。ペペは事あるごとに用心深く後ろを見やり、大佐の車が今にも現れないか待ち構えた。着いた、とラミロが言った。まさにその瞬間私は、まるで頭がいかれて、これが自分と何の関係もないかのような、あの奇妙な放心状態に陥った。私たちは家に上がった。ラミロが電話に向かった。例の大使館員に電話した。厄介な事態になった、至急家まで来てくれと頼んだ。おそらく相手が乗り気でなかったのだろう、ラミロは私の女房の誘拐の件を語って聞かせる羽目になった。私はソファーに崩れ落ちていた。ペペが酒を三杯注いだ。私にグラスをよこした。それからリマ大尉に電話をかけたが、誰も出なかった。とんだことに巻き込みやがったな、相棒、とラミロが言った。するとここで、驚いたことに、電話が鳴った。ペペが飛び跳ねるように立ち上がったが、そのとき受話器の近くにいたのはラミロの方だった。私にだと告げられた。訳がわからなかった。私に電話だと彼は繰り返した。ペペはどういうことだと問いつめるような仕草をした。私は受話器を取った。電話口の向こうから少佐が、私を罵り、女房を八つ裂きにしてやると脅した。女房は無関係です、放してやってください、全責任は私にあります、女房は無関係です、と私は懇願した、そちらに危害を加えるつもりなんてなかったんです、少佐殿、誓います、どうか女房を解放してください。すると女房の声が聞こえた。泣きながら、こんなことに巻き込むなんて、私のせいでこっちは殺される、この無責任男、こんなことしでかせるなんて思ってもみなかった、ずっと嘘ついてたのね、信じてたのに、そしたらこんな訳の分からない汚い話に足を突っ込んで、と私を責めた。何と説明できるだろう？ちょっとこんがらがってるだけだよと言おうとしたそのとき、少佐が受話器を奪い、今から言う命令どおりにしなかったら最悪の事態を覚悟しておけと言った。彼はペペと話をさせろと要求した。私は再度、お願いですから女房を解放してください、彼女も私もそちらとペペとリマ大尉のいざこざとは何の関係もないんですからと懇願した。向こうはペペを出せと声を荒げた。私は再びソファに崩れ落ちた。ペペは開口一番、ふざけた真似はよせ、奥さんを解放してやれと言った、だが少佐が一体なんと答えたのやら、ペペはだんだん借りてきた猫のように大人しくなり、全てに「はい」と答え、そうさせてもらう、少佐の命令どおりにする、と繰り返したが、切る間際、これは私の女房のためにやっているだけで、彼、少佐は間違いなく、自分の人生で一等一番のクソったれゴミ野郎だと吐き捨てた。私たちは黙りこくった。ペペは苛立たしげに酒を呷《あお》った。ラミロはまるで突如全てを理解し、もう危険は過ぎたと悟ったかのように、落ち着いた様子だった。私はペペに質問したかったが声が出ず、エネルギーを最後の一滴まで吸い取られたみたいに、喉がカラカラだった。遠くでサイレンが鳴っていた。私は寒気と、抑えようのない震えに見舞われだした。ペペは呟くように、あのクソ野郎が奥さんを解放するには自分が朝一番の便で出国しないといけない、それが条件だ、それからリマ大尉にこの件は一切忘れるよう伝えろだとよ、それで向こうも、もう事件を嗅ぎ回るべきでない、ラウダレス大尉の死は自殺、以上、これ以上クソを撒き散らしたところで誰の得にも、特にリマ大尉の得にならないとわかるだろうってな、と言った。だから言ったろ相棒、とラミロが言った、本当に間抜けだな、ったくこの野郎《ピンチェ・プエイ》、ケツを叩き割られなかっただけ有難く思いな。女房はいつ解放になるんです？　私はようやく質問できた。俺が飛行機に搭乗したらすぐだ、とペペ。でももし向こうが約束を守らなかったら？　拷問してやろうなんて気を起こしたら？　殺されたら？　俺は忠告したぜ相棒、とラミロ、軍人と関わりあうなんて最悪の商売、お陀仏か良くてクソまみれ、それが掟、避けられるわけがない、そんな面倒にわざわざ首を突っ込もうなんて気を起こすのは甘ちゃんだけ、こんな所で探偵稼業なんざ無理だ、確かにあんたのホームグラウンドだよ、相棒、でも俺も馬鹿じゃない、例の奴は自分で脳髄を吹っ飛ばした、それでしまい、あんたが意気揚々とこんな冒険を引き受けるなんて、ラウダレス大尉の妹ってのもきっといいケツしてんだろうけどよ。すげえオンナだぜ、とペペが呟いたが、もう苛立ってはおらず、というよりややうわの空、懐かしげという風で、まるで突如ラウダレス大尉の妹の思い出に捕らわれたかのようだった。私はしつこく、女房がちゃんと解放されると保証されたのかと訊いた。ペペは言った、もう心配しなくていい、危害を加えられることはない、今日の朝九時にはちゃんと家に戻ってる、本当にすまなかった、とペペは続けた、あんたがこんな危害を加えられるなんて考えもしなかった、奥さんについてはなおさらだ、でもあっという間の展開だったんだ、本当に申し訳ない。そのとき家の前に、一台の車が停まった。例のメキシコの外交官、ラミロの大使館のダチで、ずんぐりした体に先住民風の風貌で、人当たりの悪そうな顔をしていた。ラミロが彼に、こちらがバーテンダーさん、誘拐された女性のご主人で、ルイス・ラウダレスという元空軍大尉の自殺をめぐるペペの捜査の被害者だと紹介した。でそちらはまさしくそのペペ、メキシコ在住のエルサルバドル人ジャーナリストで、ラミロが特派員をやっている新聞社のコラムニストで相棒、まさに兄弟、ここいらの言葉でいうアホタレ《ロカソ》。実はどうやら、とラミロは続けた、危機は解決したみたいだ。奥さんを誘拐した奴らが、ペペと合意した。ペペが今日の朝の、空席のある最初の便に搭乗した時点で、あちらが彼女を解放する。男は私たちを、こちらが悪い冗談でも仕掛けたかのように、じっと、ほとんど不審げに見つめた。ようやく私は少し緊張が解けてきた。おそらくラミロの冷静さと、あと数時間で奥さんは解放されてこの悪夢も全ておしまいだと請け負うペペの確信ぶり、それにおそらくペペが急いで出国しようと諦める姿を見て、気分が鎮まったのだろう。説明してやりなよ相棒、そうでないと俺のメンツが丸潰れだ、とラミロが言った。そこでペペが、最初はしぶしぶ、だがやがてあの忌々しい興奮を露わに、私も断片的にしか知らなかった物語を披露した。

15

ルイス・ラウダレス大尉は常日頃から、空軍で最も有能な士官の一人、最難関の任務において一番信頼できるパイロットでした、とペペは、ラミロの注いだ酒を片手にくつろぐ外交官を相手に語った。でもある日、もう飛ばないぞと思い立ち、頭がおかしい、鬱病だと言い張って、詳しい説明もなしに除隊を申し出たんです。そこで上官たちは彼を心理テストにかけました。無理からぬ話です。戦争の真っ只中、ゲリラ側がサンサルバドルに大規模な攻撃を仕掛けてきたばかりだというのに、最高のパイロットが辞めるというのはとてつもない損失になりますし、疑念も恨みも買いますから。もしかして内通者じゃないか？　ってね。そこで統合参謀本部がその件に関し捜査を命じたんです、とペペは外交官に説明した、任務を託されたのはラウダレス大尉の旧友ホセ・マリオ・リマ大尉、彼の同期で打ち明け話もできる仲で、彼が空軍の隊員、ラウダレス大尉の親戚や友人に聞き取り調査を行ったものの、妙な点は何も見つからずじまい、どうやら本当にラウダレス大尉は、診断書にあるとおり、激務からくる重度の鬱病を患っていたようです、とリマ大尉から捜査の詳細を聞かされたペペは説明した。でそれ以降は、万事平穏のようでした――ラウダレス大尉は民間航空会社のＬＡＳＡに入り、ずっと連れ添ってきた恋人と婚約を交わし、やがてある日、ぷつりと、これといって表立った理由もなしに、結婚式の一週間前、自宅アパートのダイニングテーブルで、遺書もなしに、自分の脳髄をふっ飛ばしました。またもや統合参謀本部は、士官の自殺など滅多にないことなので不審に思い、リマ大尉にラウダレス大尉関連捜査の再開を命じました。どこを取っても妙な事件とはいえ、またもや結果は明白でした。検死官に警察当局、元同僚、親族、誰もが口を揃えて、ラウダレス大尉は自殺だ、精神異常以外に見当たる理由なしと言うんです。ペペの話では、彼はリマ大尉本人から、疑いが残らないよう捜査関係書類を見せてもらう約束をもらったという。でもその唱和に加わらない人がいました。一〇年以上前からメキシコに住んでいるラウダレス大尉の妹のディアナが自分に、手紙が何通か、かなり混乱してはいるものの、彼が己を苛むものの正体を知っていたと窺える手紙がある、捜査してきてくれないかと頼んできたんです。自分自身、手紙を読みました。まだ結婚前、メキシコ国立自治大学の経済学部で一緒だったころからディアナには、親友として信頼されていたんです。ほらな相棒、惚れた腫れたで俺までこのザマだ、とラミロが呟いた。外交官はその間に乗じてラム酒を飲んだ。ペペは、自分のことを言われているとは気づかなかった。今ペペが話していることを哀れな女房に語って聞かせたところで、私は許してはもらえないだろう、信用されないだろう。問題は、ラウダレス大尉が除隊を申し出る二、三週間前、アグスティン・ベリーオス少佐が、何人かの士官連中と共に、空軍を追放されていたことだった。直前にアメリカの報道機関で、コロンビアの麻薬業者から送られたコカインと交換で武器を購入し、イロパンゴの軍用空港からニカラグアのコントラ〔ニカラグア内戦（一九七九―一九九〇）において、ＣＩＡの支援のもとサンディニスタ革命政権と戦った反共民兵組織〕に送るネットワークの存在が報じられたばかりだった。少佐はその作戦の陣頭指揮に当たっていたのだと思います、とペペは語った、だから上官からトカゲのしっぽ切りに遭ったんでしょう。しかも、とペペは付け加えた、ちょうどその頃三人の空軍大尉が、おそらくゲリラ部隊の手によって殺害されています、いずれも休暇を取って家族と過ごしているところを――何という偶然か――襲撃されたそうです。どれもこれもあまりに偶然すぎやしませんか？　とペペは言った。外交官は頭に手をやると驚きの印に口笛を鳴らし、この話は忘れた方がいい、あまりにデリケートすぎると言った。それから彼は、この私に関してはどうするつもりか、どんな選択肢があるのか、私も出国させる必要があると思っているのか、それとも嵐が過ぎるまで何日か身を匿《かくま》うつもりなのかと訊いた。私は再びあの幽体離脱めいた気分を味わった。まるで周囲が話しているのは赤の他人のことで、この部屋で決められている運命は私のではないとでもいうように。おい相棒、じゃああんたの見るところ、ラウダレス大尉を殺《や》ったのは他の三人の大尉を消したのと同じ連中だってのか——ラミロが興味津々に、顎ひげを撫でながら訊いた——、で、やっぱり麻薬取引作戦のことも知ってたから殺されたと。だが、突如、私は気づいた。こんな話もう知りたくもない、聞きたくもない、そうなったらもう確実に、女房ともども殺される。どうにか、こんな風に言いおおせた。頼むからこれ以上何も聞かせないでください、私は興味ありません、こちらは危害が広がるばかりです。だがペペはもう走り出した列車同然、私の言葉など耳に入らず、証拠はないぜ、確かにラウダレス大尉は自殺だったのかもしれないし、誰かから自殺を強要されたのかもしれないしと言った。疑問の余地がないのは、とペペは続けた、軍人の麻薬密売ネットワークの発覚と三人の大尉の殺害、ラウダレス大尉の自殺は密接に結びついてるってことだ。ラミロが、リマ大尉はどう思ってたんだと尋ねた。ペペは、大尉は三つの事実の間に何らかの関係があるとは思っていなかった、ただ可能性を考えるのを突っぱねているわけでもなかった、だから少佐がこれはまずいと売春宿を出たあとに二人して後を尾《つ》けたんだ。相棒、相棒、あんたがそんなうぶだとは思ってもみなかったよ、とラミロが馬鹿にするように言った、二方面からの捜査、善のリマ大尉と悪の少佐、お笑いぐさだぜ、もしラウダレス大尉の身に起こったことを正確に知ってる存在がいるとしたらそりゃ統合参謀本部だろ、全情報が集まる唯一の存在なんだぜ、なのにあんた、ガキの宗教信者じゃあるまいし、奴らに、あんたの話じゃ善人だっていうそのリマ大尉に頼み込んで、捜査に協力してくださいってのか、純情漫画かよ、相棒、はるばる来たと思ったら小便をまき散らしやがって、さっさと荷物をまとめて朝イチの便で帰んな、この可哀想な人——私のことだ——の奥さんを救うためだけじゃねえ、あんた自身がいつまでもバカやってねえで助かるために、それから俺とダチ連中の仲にヒビを入れねえようにだ――そして外交官を指差した。そのとき外交官が改めて、私と女房についてどうするか決めたかと尋ねた。

16

ほどなくして外交官は出て行った。ペペは、女房と私も、せめて二、三日は国を出たらいい、その方が身のためだ、その間にこの件も沈静化するはずだ、と言ったが、私は出て行くつもりはなかった。私は何の借りもないし何も知らない、全てはただの誤解だし、今ペペが出て行けば状況は再び正常に戻るだろう。一番心配なのは、女房の反応だった。私たち三人は誰一人として目をつぶることなしにダイニングテーブルを囲んで朝を迎え、ラミロのラム酒を飲み干しながら、ほとんど言葉も交わさず、六時になって空港へ発つのを待った。一時、ペペが荷物をまとめに席を立つことがあった。敗北感、ほとんど羞恥心に包まれていて、まるで目覚めるとひどい二日酔いで、一刻も早く消え去ってしまいたい、そんなときのような様子だった。荷物をまとめ終わると一枚の紙を手にテーブルに戻り、ラウダレス大尉が妹のディアナに送った例の忌々しい手紙のうちの一通だ、奴は自分を苦しめてるものが何か自覚してたのが透けて見える、と言った。ラミロは大して興奮するでもなく手紙を読んだ。下線は俺が引いた、とペペは明かした。こいつ狂ってるぞ、とラミロが呟いた、超絶イかれてるじゃねえか、相棒。私にも手紙をよこした。するとこのとき私はひらめいてペペに、女房と私に与えた苦痛の償いに、この手紙のコピーをくれないかと申し出た。それに、もし少佐がまた探しに来たらこれが役に立つかもしれません、私が常に彼に協力する用意があるとわかってもらえるでしょうから。ぺぺは、いいよ、取っときな、どのみちコピーだからな、何かの役に立つならよかったよと言った。手紙は以下のとおりだ。

厳しいディアニータ

空虚、何もかも捨て去ってしまいたい、一切の意欲なし、それが今の気分です。さらに時々、泣きたい、誰とも話したくない、永久にこのグラス一杯のジンだけをお伴にしていたい気持ちになります。セシリアの肉だけが僕を引き止めています。彼女に何をしてあげたらいいのでしょう。

今しがた、〈憂鬱持ちの巣窟〉から帰りました。バーテンダーが顔馴染みで、わざわざ注文せずともいつもの同じ酒を出してくれます。私の沈黙を尊重してくれるのが気に入っています。陽気で人当たりがよく、大勢の人間に気に入られる男です、ああ吐き気がする、おぞましいパイロット、パリッとスーツを着こなしたあの大尉殿。でも特に怖いのは夢、見えない存在に腕をばたつかせながら汗びっしょりで目を覚ますこと、それ以外記憶に光が射さないこと、一度も聞いたことのない恐怖と死の叫びです。

いつか私の神経は音を立てて中空に飛び散る。時に喜びさえ覚えながら、僕はそんなことを考えてきました。副操縦士とフライトエンジニアが、どうした、何やってるんだと訊き、僕は見事にこの大量の腐肉を破裂させてみせる。でもそんなことは実際に、別のやり口で、義務という名の愚行に良心を燃え上がらせ、嫌というほどやってきました。そこに目標があるとしたら、さしずめ自分一人でやり遂げてみせることでしょうか。このぽっかり空いた無のどこから勇気を引き出したものか？　しかも僕は方々で憎しみを、わずかなれども生きた憎しみを抱かれています。僕がいなくなったら喜ぶであろう奴ら。どうしてそいつらを喜ばせる必要があろうか？

最悪なことにこの無意味は、結婚する約束をしています、一カ月後です――鐘が鳴り響き、乾杯、晴れやかな顔――、まるで愛なるものは存在する、慣例としきたりの残り滓などではないとでもいうかのように。

知ること、すなわち呪いの源泉。だがさらに、奴らの心配する姿を見るという悦び。そして僕はといえば全てがどうでもいい、奴らが僕に乞う沈黙ですら。人間は大地に属するもの。飛ぶことが、僕の腐敗の端緒なのです。もう一杯ジンを飲むことによってのみ、僕は夜の残りを耐えることができるのでしょう。ではご機嫌よう、負債に押し潰されし男の妹。その負債が金銭のそれであって、遠吠えのそれではありませんように。殺し、すなわちスピードに狂わされた盲者の任務。

敬具

ルイス

吐き気

サンサルバドルのトーマス・ベルンハルト

タニアへ

ホセ・ルイス・ペルドモ・Oへ

注意　この物語の中心人物エドガルド・ベガは、実在の人物である。モントリオールで、別の名前を使用し暮らしている――トーマス・ベルンハルトでもない、ドイツ風の名前で。彼が私に語った見解はおそらく、本書に収められているよりも誇張全開であけすけなものだ。私は、ある種の読者層にショックを与えかねないその諸々の視点をより和らげるべく務めた次第である。

来てくれてよかった、モヤ、来ないかもと思ってたよ、ここはこの街の人間がそうそうお気に召すような場所じゃないからな、この手の場所がまったく駄目な人間ってのがいるんだ、モヤ、だからお前が来るか自信がなかったんだよ、とベガは私に言った。俺は大好きだよ、午後の終わりにここに来て、このパティオに席を取って、静かにウィスキーを二杯ほど飲んで、トリンに曲をリクエストして聴くのがね、とベガは私に言った、カウンター席じゃない、中は駄目だ、カウンターは暑い、中は暑い、このパティオの方がいい、一杯のウィスキーにトリンのかけてくれるジャズでね。この国でここだけが唯一気分の晴れる場所、唯一品格ある場所だ、あとの酒場なんてどこもゴミ屑だ、忌々しい、腹がはち切れるまでビールを浴びるような輩でごった返してやがる、なぜなんだモヤ、この種族は何だってこうもご執心にあの汚物みたいなビールを飲むんだ、あの汚らしいビール、動物用の、飲んだら下痢するだけ、この人間が飲んでるのはそんな代物だ、しかも最悪なことにそんな汚物を飲むのが誇りときてる、お前らが飲んでるのは汚物、汚水、こんなものビールじゃない、世界中どこに行ったってこんなものビール扱いされるもんかなんて言った日には殺されかねないけどな、モヤ、お前だって俺同様わかってるはずだ、こんな吐き気のする液体、物知らずだからあれだけ熱狂的に飲めるんだ、とベガは私に言った、奴らは物知らずのあまりこんな汚物を誇らしげに飲んでるんだ、ただの誇りじゃない、国の誇り、世界一のビールを飲んでいるという誇り、なぜならエルサルバドル・ピルスナーは世界一のビール、まともな頭の人間ならだれでも考えるような下痢便まっしぐらの汚物ではなく、世界一のビールだから、これぞ物知らずな民族の一等最大の特徴だ、あの泥沼が世界最高だと思ってるんだ、この泥沼、腐れ下剤ビールが世界一でないなんて奴らの前で言ったら殺されかねない、とベガは私に言った。俺はこの場所が好きだ、ああも熱狂的に飲まれてる汚物ビールを売る腐れ酒場とは似ても似つかないからな、モヤ、ここには独自の風格がある、最低限の感受性を備えた人間のためのインテリアがある、まあ店の名前は〈ほのお〉なんて代物で、夜はひどいもんだがね、あのロックバンド連中の馬鹿騒ぎで耐えられたもんじゃない、あのロックバンド連中の騒音、あのロックバンド連中のとち狂った近所迷惑への執念のせいでな。だが午後の今の時間帯のこのバーは好きだ、モヤ、俺が行けるのはここだけだ、ちょっかいを出してくる奴も、突っかかってくる奴もいない、とベガは私に言った。だからここで待ち合わせたんだ、〈ほのお〉はサンサルバドル中でも俺が飲める唯一の場所なんだ、しかもたった二時間ほど、夕方五時から七時、ほんの二時間だけ、七時を過ぎたらここは耐えられたもんじゃない、ロックバンド連中の騒音のせいでこの世に存在しうる最も耐えがたい場所になっちまう、汚いビールを誇らしげに飲む輩でごった返す居酒屋と何も変わらない、耐えがたい場所だ、とベガは私に言った、しかし今ならゆっくり話ができる、五時から七時までなら邪魔は入らない。俺は一週間前からここに入り浸りでね、モヤ、見つけてからというもの毎日〈ほのお〉さ、もちろん五時から七時の間だ、だからここでお前に会うことにしたんだ、出発する前にお前と話がしておきたくてね、このゴミ溜め全てに関する俺の考えをお前に伝えておきたいんだ、俺の感じた印象、ここに滞在して抱いた陰惨な考えを聞かせられる人間は他にいないんだ、とベガは私に言った。お袋の通夜でお前を見かけて以来、自分にこう言い聞かせてきたんだ、モヤとだけは話をしておこうとね、他の高校の同級生は姿も見せなかった、俺のことなんて覚えてもいなかったんだ、俺の友達と自称していた奴らは母親が死んでも誰一人姿なんか見せなかった、お前だけだ、モヤ、だがそれでよかったんだろう、高校の同級生で友達と呼べるような人間なんていなかったんだから、高校を出て以来俺に会いにきた奴なんていなかったんだから、かえって姿なんて見せない方がよかった、お袋の通夜に高校の同級生なんて一人も来なくてよかったよ、お前以外だぜ、モヤ、そもそも俺は通夜なんて嫌いでね、お悔やみの言葉をかけられるのもだ、何て言えばいいかな、母親が死んだってだけの理由で赤の他人がぞろぞろやって来ては抱擁を浴びせ、さも親友みたいな顔をするのが鬱陶しいんだ、だから来なくてよかったんだよ、俺は知らない人間に対してわざわざ良い人ぶるなんて嫌だ、しかもお悔やみを言いに来る奴らの大半、通夜の参列者の大半は会ったこともない人間、この先もう二度と会うことのない人間だぞ、モヤ、それでも奴らには良い顔をしておかないとならない、痛恨と感謝の顔、その赤の他人どもが母親の葬儀に来てお悔やみの言葉をかけてくれたことに心から感謝申し上げますって顔だ、まるで今何より自分に必要なのは赤の他人に良い顔をすることだってばかりにね、とベガは私に言った。でお前が通夜に到着したとき俺は思ったんだ、モヤが来てくれるとはありがたい、しかもそのあとすぐに帰ってくれて本当によかった、モヤのおかげで、モヤがすぐ帰ってくれたおかげで、と俺は思ったんだ、高校の同級生の相手などしなくてもいいんだとね、とべガは私に言った、誰にも良い顔をする必要などなかったんだ、だって母の通夜にいたのは弟のイボとその家族、一家と奴（弟のことだ）の知り合いが十数人、それに俺、長男としてモントリオールから至急駆けつける羽目になったこの俺だけだったんだからな、この腐れた街に戻ろうだなんてつゆも思っていなかったのに、とべガは私に言った。俺たちの高校の同級生なんてどうせ最悪に決まってる、まさに吐き気がするよ、誰にもはち合わせずにすんでよかった、もちろんお前以外だよ、モヤ、俺たちと奴らの間に共通点なんてない、俺と奴らを結びつける要素などあるはずがない。俺たちが例外なんだよ、普通マリスト会の修道士と一一年も勉強したあとでまだ正気を保っていられるはずがない、マリスト会士の教育を受けたあとに少しでも物を考える頭の育つわけがない、マリスト会士のもとで勉強したのは人生に起こりえた中で最悪の出来事だよ、モヤ、あのデブの同性愛者どもに指図を受けながら勉強したのは俺にとって最悪の恥だ、リセオ・サルバドレーニョを出るほど、あのサンサルバドルのマリスト会系私立校、あのエルサルバドル最高にして最も栄えあるマリスト会系学校を出るほど馬鹿げたことはない、マリスト会士のもとで一一年も精神を鍛えられるほど惨めなことはない、どうってことないって言うのか、モヤ？　一一年もたわごとを聞き、たわごとに従い、たわごとを飲み下し、たわごとを繰り返すんだぞ、とべガは私に言った。一一年間ずっと同じ返事、はい、ブラザー・ペドロ、はい、ブラザー・ベト、はい、ブラザー・エリオドロ。精神の服従という点でこれほど吐き気のする学校はない、それが俺たちの母校だ、モヤ、だからこそ高校時代の同級生が誰も母親の通夜に来なくたって俺はまったく構わない、あれは一一年にわたる精神の家畜化、思い出したくもない一一年の精神的悲惨、一一年の精神的去勢だ、奴らのうちの誰が来たところで、ただひたすらわが人生最悪の日々を思い出させるだけだったろう、とベガは私に言った。まあ一杯やれよ、べらべら喋るばかりで俺もうっかりしてた、一緒にウィスキーでも飲もう、トリンを呼ぼうか、あのバーテンダー、ディスクジョッキー、この時間帯は八面六臂だ、いい奴さ、この酷い国での滞在を少しでも心地よくしてくれて感謝あるのみだ。お前と話ができて嬉しいよ、モヤ、お前も俺同様あの学校で学んだにせよ、あの一一年間にマリスト会士どもが俺に叩き込んだゴミ屑をやはり魂に抱え込んでいるにせよ、お前に会えてよかったと思うよ、マリスト会系学校の卒業生でありながらそこかしこにのさばるあの白痴を共有しない人間、それがお前だ、モヤ、俺と同じだ、とベガは私に言った。俺はもう一八年国に戻っていなかったんだ、一八年の間そんな必要なんてなかった、なぜなら俺はまさにこの国から逃げたんだから、地球上にいくらでも場所があるのにこんな所に生まれちまったのが途方もなく残酷で無情に思えたんだ、何百という国があるというのに俺はそのなかでも最悪の、最も愚劣な、最も犯罪的な国に生まれたなんて絶対に受け入れられなかった、絶対に受け入れられなかったんだ、モヤ、だから俺はモントリオールに発った、戦争が始まるずっと前だ、別に亡命者だったわけでも、ましな経済的条件を求めていたわけでもない、運命がこの地に俺を産み落としたなんて身の毛のよだつ冗談を絶対に受け入れなかったからだ、とベガは私に言った。そのあとやはりこの国で生まれた忌まわしい愚劣な連中が何千とモントリオールにたどり着いた、みんな戦争から逃げてきたり、ましな経済的条件を求めてだ、だが俺はそれよりもずっと前から向こうにいたんだ、モヤ、俺は戦争も貧困もくぐってこなかったし、政治的理由で逃げてきたわけでもない、ただ単にエルサルバドル人であるという愚劣に一片でも価値があるなんて絶対に受け入れなかったからだ、モヤ、俺は常々エルサルバドル人であることに何らかの意味があるなんて考えるほど間抜けな話はないと思ってた、だからこそ国を出たんだ、とベガは私に言った、そして俺の同郷人と称する連中とは関わりも援助もしなかった、俺と奴らとは何の関係もなかった、この薄汚れた土地のことなど一切思い出したくなかったんだ、俺はまさしく奴らと関わりを持つまいとしてこの国を出た、だからこそ常に奴らを避けてきたんだ、俺にとっちゃ疫病みたいなもんだ、あの連帯委員会〔一九八〇年、エルサルバドル政府軍に対する米国政府の支援反対を訴えワシントンDCで結成された活動団体。正式名称・エルサルバドル人民連帯委員会〕だの何だのといった愚行も全て含めて。戻ろうなんて考えたこともないぜ、モヤ、俺はサンサルバドルに戻る羽目になるなんて一番の悪夢だと常々思ってきたんだ、この国に戻る羽目になる時が来るのを常に恐れ、何としてもそれを避けてきたんだ、この国に戻り、そして二度と出られなくなる可能性こそ常に一番の悪夢だった、本当だぞ、モヤ、その悪夢で何年間も眠れなかった、それでついにカナダのパスポートを作ったんだ、俺はカナダ市民になったんだ、それでようやくあの恐ろしい悪夢に苛まれなくなったんだよ、とベガは私に言った。だからこそ今ここまで来る気になったんだ、モヤ、カナダのパスポートが俺の身を保証してくれるからだよ、もしこのカナダのパスポートがなかったら決して来る気にはならなかった、このカナダのパスポートがなかったら絶対に来る気になんてならなかった、俺のカナダのパスポートがなかったら飛行機に乗る気にもならなかった。にしたってここに来たのは母親が死んだからってだけだ、モヤ、母親が死んでついに、俺はこの腐り果てた地に帰らなければならなくなったんだ、母親が死んだのでなきゃこんなところに戻ったりしてない、母親がもう死ぬかもしれないと思ったときですら、モヤ、俺はこの地に戻らなきゃなんて一瞬たりとも思わなかった、段取りは全部弟がしてくれるだろう、弟が母親の遺品を全て売り払い、モントリオールの俺の銀行口座に俺の取り分を送金してくれるだろうと自分に言い聞かせてたんだ、とベガは私に言った。俺は母親の通夜にだって出ようなんて微塵も思ってなかった、モヤ、母親もそれは承知だった、向こうがモントリオールに会いに来るたび俺は、そっちが死んだとしても戻る気はない、あの腐り果てた国で俺がやるべきことなどないと繰り返し言ってきた、母親はそれに対していつも、そんな親不孝なことを言うんじゃない、私が死んだら通夜に来なければだめよと返してね、あんまり熱心に頼むもんだから、そんな調子で言い張るもんだから、あれほど突っぱねたにもかかわらず俺はここにいるというわけだ。母親の勝ちだ、モヤ、俺は帰ってきちまったんだから、もう死んでるが、それでも勝ちだ。ここに来たのは一八年ぶりだが、戻ったところで確認できたのはただ、ここを出たのは賢明だったこと、この悲惨からおさらばするのはやはり最良の考えだったこと、この国には何の価値もないこと、それだけだ、この国は幻覚にすぎないんだ、モヤ、犯罪があるから存在してるだけだ、だからおさらばしたのは、国籍を変えたのは、この国について何も知るまいと努めたのは賢明だったんだ、これが思いつく最良の策だったんだよ、とベガは私に言った。さあトリンがお前の分を運んできたぞ、モヤ、このバーのこういうところも好きでね、俺は自分に酒を注いでくれる人間と友達になるのが大好きなんだ、なみなみと注いでもらうのは最高だよ、ケチくさい真似も、測ったりもなし、ただグラスにボトルを傾けてくれる、だからここに来るのが好きなんだ、トリンは優秀なバーテンダーだよ、俺は最高の待遇を受けてる、最高の酒を注いでくれる、あいつがいないならこんな所に来てやしない、絶対にだぞ、トリンが素晴らしい酒を注いでくれるからこのバーに来てるんだ、とベガは私に言った。ここを発見したおかげで俺の滞在も多少和らいでるんだ、モヤ、結局母親のせいで戻る羽目になったんだから。完璧な報復だよ、あの女の、モントリオールで俺が与えた仕打ちへの報復、俺の侮蔑への、この国に関する一切に耳を貸すまいぞという俺の拒絶への、誰某《だれそれ》やら何某《なにがし》やらの近況など俺に聞かせてくれるな、あの誰だかいう幼馴染が売れっ子エンジニアになっただの別の誰だかが大評判の医者になっただの俺に聞かせてくれるなという断固たる拒絶への報復、この国に関する一切に耳を貸すものかという俺の全面的侮蔑、俺の過去、学校時代の友人、近所の友人に関する一切に耳を貸すものかという俺の侮蔑への報復だよ、とベガは私に言った。二年前、最後にモントリオールに来たとき忠告されたよ、モヤ、私が死んだらちゃんと来ること、そんな親不孝をするもんじゃありませんって言われたんだ。で俺はこのとおりここにいるってわけだ、たとえたったひと月、たった三〇日、この期間内に母親の家が売れなくても一日たりとも伸ばすつもりはないとしたところで、俺はここ、決して戻ろうと思わなかった場所、決して戻りたいと思わなかった場所にいるわけだ。お前はこんなところで何をしてるんだ、モヤ、いろいろある中でもこれを訊きたくてね、一番気になってる一つだ、どうしてここで生まれたわけでもない人間、他の国、最低限品格のある場所に移住できる人間が、こんな吐き気のする中に留まる方を選ぶんだ、説明してくれよ、とベガは私に言った。お前はテグシガルパの生まれだ、モヤ、それに戦争の一〇年間はメキシコで過ごしてる、だからこそお前がこんなところで何をしているのか理解不能なんだ、戻ってこの街で暮らそう、根を下ろそうなんてどういう考えだ、何がお前をまたこんな汚れ果てた所に引き寄せたんだ。サンサルバドルは酷い、住人はもっと酷い、腐った種族だ、戦争ですべて狂っちまった、俺がおさらばする前から醜悪だったのに、すでに一八年前から耐えがたかったのに、今じゃゲロが出るよ、モヤ、心底ゲロが出る街だ、心底から邪悪か間抜けな人間じゃなきゃ住めたもんじゃない、だからお前がここで何をしているのか理解不能なんだ、よくこんなムカムカする人間に囲まれていられるな、一番の理想は軍曹になることって人間だぞ、奴らの歩き方を見たか、モヤ？　着いたときは信じられなかったよ、何よりもムカムカする光景だった、誓うけどな、どいつもこいつもまるで軍人気取りで歩いてる、髪型もまるで軍人、物の考え方もまるで軍人、ぞっとするよ、モヤ、どいつもこいつも軍人に憧れてる、どいつもこいつも軍人になれたら幸せだと思ってる、どいつもこいつもお咎めなしで人を殺せるよう軍人になれたらと思ってる、どいつもこいつも視線に、歩き方に、話しぶりに殺意が漂ってる、どいつもこいつも軍人になって殺したがってる、それがエルサルバドル人であるってことだ、モヤ、軍人風に見せたいってことだ、とベガは私に言った。吐き気がするよ、モヤ、軍人ほど俺が吐き気のするものはない、だから二週間ずっと吐き気だ、この国の人間から感じるのはそれだけだ、モヤ、吐き気、酷い、恐ろしい、ぞっとするような吐き気だ、どいつもこいつも軍人風に見せたがってる、軍人になるのが思い描きうる最高の夢、ゲロが出る。だからお前がここで何をしてるのか理解不能なんだって、まあテグシガルパの方がきっとサンサルバドルより酷いんだろう、テグシガルパの人間もきっとサンサルバドルみたいに愚劣なんだろう、結局どっちの街もあまりに近すぎるんだ、何十年も軍人に支配されてきた二つの街、二つの汚染された、醜悪な街、軍人と仲良くなりたい奴ら、軍人みたいに暮らしたい奴ら、軍人風に見せたくて仕方のない奴ら、軍人の前にしょっ引かれないよう懸命の奴らでごった返した街だ、とベガは私に言った。まさに吐き気だよ、モヤ、それしか感じない、凄まじい吐き気だ、こうも浅ましい、おべっか使いの、軍人に引きずり回された種族は見たことがない、こうも殺人の天性を備えた、こうも悪霊憑きの犯罪的な民族は見たことがない、まさに吐き気だ。ほんの二週間で俺は、行きうる限り最悪の場所にいるとわかった。今でこそこのバーには誰もいない、モヤ、でも夜の八時を過ぎたら、ロックバンド目当ての悪霊憑きがこぞって入ってくること請け合いだ、請け合ってもいいがほとんどの奴は、少しでも挑発したら殺すからな、お前を殺すなんて大したことじゃない、本当はお前を殺せるのを証明するチャンスをお前が与えてくれやしないか心待ちにしてるんだぞ、とでも言い聞かせるような目をして入ってくるんだ、とベガは私に言った。うるわしい種族だよ、モヤ、よく考えてみたら、じっくり考えてみたら、実にうるわしい種族だって気づくはずだ、唯一気にするのは他人の持ってる金、誰も他のことなんて気にしない、人の品格は金額で測られる、それ以外の価値観なんて存在しないんだ、人の持ってる金額がその他のあらゆる価値観に勝るっていうんじゃない、そういうことじゃないんだ、モヤ、それ以外の価値観が存在しない、その裏に他に何も存在しないってことだ、ただ単にそれが唯一存在する価値観なんだ。だからお前がここにいるだなんて笑っちまうんだ、モヤ、この国に来ようだなんてどういうつもりか理解不能だよ、この国に戻ってくるなんて、お前の興味は文学をやることだっていうのにこの国に留まるなんてまさに不条理だ、お前には本当は文学をやる興味なんてない証拠だ、文学に興味のある人間なら誰だってこうも退化した国なんて選ぶはずがない、誰も文学なんて読みやしない国、少数の文字が読める人間は一切文学の本なんて読まない国、イエズス会士の連中まで大学の文学科を潰したんだぞ、それでわかるだろ、モヤ、ここじゃ誰も文学なんて興味なし、だからイエズス会士の連中も学科を潰した、文学をやる学生なんていないからだよ、若い奴らはみんな経営学の勉強がしたいんだ、これは興味ありだ、文学とは違う、この国じゃ誰もが経営学を勉強したがってる、実際数年もしたら経営者しかいなくなっちまうだろう、住民全員が経営者の国、それが真実、恐るべき真実だよ、とベガは私に言った。一人として文学も歴史も、思想や人文学に関するものは何も興味なし、だから歴史学科も存在しない、歴史学科のある大学なんて一つもない、信じがたい国だ、モヤ、歴史学科がないから誰も歴史の勉強ができない、誰も歴史に興味がないから歴史学科が存在しない、それが真実だ、とベガは私に言った。そしていまだにこの場所を〈国家〉なんて呼ぶうっかり者がいる、ナンセンス、グロテスクのあまり笑いだすような愚劣だ、歴史を持つことにも歴史を知ることにも興味がなく、唯一の関心は軍人を真似ること、経営者になること、そんな輩の住む場所をどうして〈国家〉なんて呼べる、とベガは私に言った。凄まじい吐き気だよ、モヤ、あまりに凄まじい吐き気こそ、この国で俺が感じるものだ。俺が着いてからたったの二週間、母親の家を売る手続きをするその二週間もあれば、ここでは何も起こらなかったと確認できたよ、ここでは何も変わらなかった、内戦は政治家ご一行がいかにもなことをやるのに役立っただけ、一〇万人の死者は欲の皮の張った政治家集団が糞便のケーキを分け合うべく費やされた身の毛もよだつ資源だった、とベガは私に言った。政治家なんて世界中どこだって腐臭がする、モヤ、だがこの国の政治家は特に腐臭がする、誓って言うがここの政治家ほど腐臭のする政治家なんてお目にかかったことがない、おそらく奴らの一人ひとりが担いでる一〇万の死体のせい、おそらくあの一〇万の死体の血のせいであんな独特の腐臭がするんだ、おそらくあの一〇万人の死者の苦痛のせいで奴らにはあの独特な腐臭が染み付いてるんだ、とベガは私に言った。こうも物知らず、こうも野蛮なまでに物知らずな政治家はお目にかかったことがない、この国の住人と同じで明らかな文盲だよ、モヤ、誰でも最低限の教育があればこの国の政治家は読解力が退化してるとはっきりわかる、長いこと読解力を行使してないのが話してみれば丸わかりだ、明らかにこの国の政治家にとって最悪の出来事は、公衆の面前で音読を強制させられることだ、これは凄まじいぞ、モヤ、請け負ってもいいがこの国では候補者同士が意見を討論する必要なんてない、候補者が公衆の面前でなんでもいいから文章を音読できるなら試験としちゃ十分だ、誓ってもいいが、このすらすら音読するってだけの試験に受かれる政治家なんてまずいない。だがあの必死になってテレビに出ようとする様は何だ、モヤ、酷いもんだ、朝飯の時間にテレビを点ければどのチャンネルにも間抜けが出てきて、いつもの間抜けな質問を政治家にぶつけ、返ってくるのは間抜けな答えばかり、とベガは私に言った。卒倒するよ、モヤ、朝食を吐きたくなる、一日が台無しだ。そもそもテレビってもの自体が害毒だ、モントリオールじゃ俺はテレビなんか持ってすらいない、だがここの弟の家、今朝まで滞在してた弟の家じゃ、食事どき強制的にテレビを見させられる始末だった、信じられないだろうが、モヤ、食卓の目の前にテレビがあるんだ、それで食事どき強制的にテレビを見させられるんだ、酷いもんだ、普通に食べられないんだぞ、テレビが点いてて神経を逆撫でするからひと時も普通に食べられたもんじゃない。だから俺はずっと、意に反して、壮大な理想ともども死に追いやられた一〇万の血で腐臭を放つ政治家連中の姿を見てその声を聞く羽目になってたんだ、この国の未来をその手に握るあの絶望的な連中には凄まじい吐き気がするよ、モヤ、右翼だの左翼だの関係ない、どっちもゲロが出る、どっちも腐ってる、どっちもコソ泥、せしめられるだけせしめてやろうって顔に書いてある、マジで要注意人物だよ、モヤ、テレビを点けるだけでそいつらの、誰からも何だろうと力の限り略奪してやろうって面構えが拝める、スーツにネクタイ姿のチンピラ、以前は血の祝宴に犯罪の乱痴気騒ぎ、今じゃせっせと略奪の祝宴に泥棒の乱痴気騒ぎだ、とベガは私に言った。まあ乾杯しようぜ、モヤ、俺が食卓に着いた瞬間に弟とその女房が点けやがるテレビ越しに俺の食事を台無しにしてくれる政治屋連中のせいで俺たちの再会が滅茶苦茶にされたんじゃたまらない。だが最悪なのはあの惨めな左翼政治家どもだ、モヤ、あのかつてのゲリラ戦士、かつては司令官なんて呼ばせてた奴ら、あいつらには一番吐き気がする、ここまでふざけた奴ら、浅ましい奴らがいるとは微塵も思わなかった、まさしく吐き気のする輩だ、あれだけ多くの人間を死に追いやっておいて、あれだけのお人好し連中を犠牲にしておいて、理想と称するあのたわごとを繰り返すのに疲れ果てたあとで、今じゃガツガツしたネズミそのものだ、ゲリラの軍服からスーツとネクタイに着替えたネズミ、正義をめぐる長広舌を捻じ曲げるのも厭わず、金持ちの食卓から落ちたどんなパンくずでもおこぼれに預かろうとするネズミ、唯一常なる望みは国家をぶん取って略奪することというネズミ、心底吐き気のするネズミだ、モヤ、このネズミどものせいで死んだあの愚か者全員のことを思うといたたまれない、このネズミどもの命令に従ったばかりに殺されたあの何千という愚か者、かつては戦ったあの金持ちどもみたいになろうと今や力の限り小銭を掻き集めることばかり考えているこのネズミどもの命令に従ったがゆえに死ぬことになった何万という愚か者のことを思うと凄まじくいたたまれないんだよ、とベガは私に言った。ウィスキーをもう一杯ずつついこうぜ、モヤ、ありがたいことにまだ早いんだ、トリンが全て切り盛りしてて、なみなみと注いでくれるからな。チャイコフスキーのピアノ協奏曲変ロ短調でもかけてもらうとしよう、今晩はあのチャイコフスキーのピアノ協奏曲変ロ短調が聴きたい気分なんだ、だから自分の持ってるあの素晴らしきピアノ協奏曲のCDを持ってきた、チャイコフスキーで一番のお気に入りを仕込んできたってわけだ。オルメドのことを覚えてるか、モヤ、あのリセオの同級生、常に成績優秀でマリスト会士どもに気に入られようとしてたあの間抜け、まるで司祭そっくり、司祭どもに気に入られようと願いを募らせるばかりに心底願い下げだったあの退屈な野郎を？　あいつは俺たちのクラスでただ一人ゲリラ側に付いた男だってな、モヤ、二、三日前に聞かされたんだ、クラスでただ一人ゲリラに入って死んだ男、阿呆のオルメド。しかも最悪な話だぜ？　あいつを殺したのは当の同志たち、サン・ビセンテで銃殺だ、今や政治家に転身のあのネズミどもが殺せと命じたんだ、裏切り者の廉《かど》で銃殺、阿呆のオルメド、クラスでただ一人ゲリラで死んだ男、間抜けだからさ、もう高校時代から見えてたよ、覚えてるか？　お人好しが過ぎてあのネズミどもの命令で銃殺された奴だ、とベガは私に言った。つい最近聞かされたんだよ。オルメドは敵との内通容疑で殺害された何百というお人好しの一人だ、裏切りの咎《とが》で自分の上官に何百と殺害されたんだ、サン・ビセンテの火山の麓で当の上官の命で殺害されたんだ。恐ろしい話だよ、モヤ、あの哀れな間抜けのオルメド、とんだ死を探し当てちまって。この国の人間が嬉々として殺される様を思うと恐ろしいよ、ゲロの出るような大義を掲げながら羊よろしく何千もやすやすと生け贄へと赴く様、ゲロの出る大義のもとに人を殺し、ゲロの出る大義のもとに死ぬことも厭わないんだ、とベガは私に言った。どれもこれも何のためだ？　政治家を装ったコソ泥御一行が戦利品を分け合っただけだ。信じがたいよ、モヤ、実に信じがたい、人間の愚かさには限度ってものがない、特にこの国だ、ここの連中は人間の愚かさを前代未聞の記録的領域に引き上げてる、そうじゃなきゃこここ二〇年この国で一番人気の政治家がサイコパスの犯罪者だなんて説明がつかない、そうじゃなきゃ、反共十字軍を率いて数千の人間の殺害を命じたサイコパスの犯罪者が一番人気の政治家になるなんて説明がつかない、サンサルバドル大司教の殺害を命じたサイコパスの犯罪者が最もカリスマ的な、最も愛される政治家に転身だぞ、富裕層の間でだけじゃない、国民全体でだ、途轍もない規模の吐き気だ、落ち着いて考えてもみろよ、モヤ、大司教を殺害したサイコパスの犯罪者が名士に早変わりだ、サイコパスの犯罪者が今や銅像になって大多数の国民に崇められてる、あの拷問好きの人殺し、あれだけ残忍な冒瀆をやらかしたもんだから舌がガンで腐れちまった、体もガンで腐れちまった、この国とここの人間だからこそ蛮行も起こるんだ、サイコパスの犯罪者を名士に仕立て上げるなんてどう考えても吐き気のする所業がね、とベガは私に言った。だから俺は、母親の家の売却手続きが全部済み次第、とっととモントリオールにおさらばだ、モヤ、まだ家が売れなくても、売却の責任を弟に一任してでも、弟に信頼を置かなければならなくなっても、結局のところ弟が俺をだまくらかして母親の家が売れた金のうちから俺の取り分をせしめても、家が売れた金の俺の取り分を弟がちょろまかして母親が残してくれた唯一の遺産を俺が失うことになっても、一刻も早くおさらばする方がいいんだ、モヤ、もう一秒たりとも耐えがたい、吐き気のあまり、重度の突発性精神的敗血症で死んじまうかもだ、それどころかもっと早く帰ったっていい、考えてみたら遅くとも一週間後には帰れるかもしれない、二週間が過ぎ去るのをむざむざ待つ理由なんて何もない、明日にでも予約を一週間に変更するかな、弁護士の話じゃその頃になればサインの必要な書類にサインし終わってるはずだ、とベガは私に言った。この国ですることなんて俺には何もないんだ、モヤ、ただ午後の五時から七時までこのバーに来て二杯引っかけて、母親が俺たちに遺した家の関連書類にサインをする以外、この国ですることなんて何もない。しかも絶対、よく聞けよモヤ、弟は家が売れた金の俺の取り分をちょろまかすためなら何だってするだろうよ、俺たち二人が母親から相続したあのミラモンテ区の家を売った金にまつわる契約を破棄する気満々なのが遠くからでも丸見えだ、弁護士と結託して俺が相続したささやかな遺産をちょろまかそうと企んでるのが傍目から丸見えだ、それもこれも弟のイボの奴、母親が遺言に俺の名前を入れてるなんて考えもしなかったんだ、俺が一切この国に寄り付かないもんだから母親が遺言から俺の名前を除外したと、自分（イボ）が唯一の相続人、ミラモンテ区の家をせしめるのは自分だと高を括ってたんだ、とベガは私に言った。だから公証人の読み上げた遺言に、母親がミラモンテ区のあの家の相続人を俺たち二人の息子に定める、ただし俺が葬儀に参列するのが条件、そして俺が葬儀に参列した場合、俺が家の処分の決定権を持つと書かれていると知ったとき、あいつはさぞかし驚いただろう。俺は確信してるんだが、モヤ、もし弟のイボが母親の死の瞬間に遺言を読んでいたら俺には知らせなかったはずだ、きっと絶対、俺に知らせるのを避けるべく、俺が帰国して遺産の取り分を要求するのを避けるべく、母親が遺言に含めた条文を俺が守らないよう仕向けるべく、何かひねり出してたはずだ。だがクララ、イボの女房が、母親が死んで数分後うっかり俺に電話しちまった、そんなうっかりもその時分では両者とも別にいいだろうと思ってた、母親が死んだって俺はやって来ないだろうと二人とも高を括ってたからだ、母親が公証人に託した遺言の条文を二人とも知らなかったからだ、葬儀に欠席したらミラモンテ区の家の取り分はナシだとすでに俺が母親から警告されていたと二人とも知らなかったからだ、もう二人ともミラモンテ区の家の持ち主だと思い込んでたからだ、とベガは私に言った。だからイボとクララの驚きときたらなかったぜ、翌日そちらに着くと俺が告げ、母親の埋葬は翌日の朝まで延期してくれと頼んだとき、空港から葬儀屋に直行で到着した俺の姿を見たとき、二日後に公証人が母親の遺言を読み上げ、ミラモンテ区の家に関する権限が俺に与えられていると知ったときもだ、モヤ、カミノ・レアル・ホテルからたった二ブロックの立地のおかげで一〇万ドルの値打ちがある家、弟は微塵も売る気なんてなかった家だ、あいつは売る必要なんてないからだ、俺がサンサルバドルでずっと住んでた家だ、セメントの塀に囲まれてさっぱり見分けがつかない、俺が住んでたところは全く存在しなかった塀、母親の家だけじゃないぜ、モヤ、ここの人間は恐怖のあまり、自分の家を城壁に囲まれた要塞に変えちまったんだ、城壁に囲まれた要塞ばかりの街の風景ってのは酷いもんだ、モヤ、まるで兵営だ、一軒一軒が小さな兵営で一人ひとりが小さな軍曹、必ず等しくなるもんだ、モヤ、母親の家の周りの巨大な塀がその一番の証明だ、とベガは私に言った。弟のイボは母親の遺言の内容が信じられなかった、俺が一刻も早くあの城壁に囲まれた家を売りたい、一刻の猶予もなしにあの城壁に囲まれた家を処分したいと思っていることも信じられなかったんだ、モヤ、俺の唯一の関心が一刻でも早く四万五千ドルを手にしたいという事実が信じられなかったんだ、だって俺はこの国に戻る気なんて微塵もないんだからな、金輪際二度と足一本踏み入れる気もない、俺は弟と弁護士にそう言ってやった、俺の唯一の目的はミラモンテ区のあの城壁に囲まれた家を売り払ってモントリオールでもっと快適に暮らせるだけの金を手にすること、それからこの吐き気のする国に二度と戻らずに済むようにすることだ、とベガは私に言った。弟のイボと俺は、考えうる限り最もかけ離れた人間だ、俺たちは一切どこも似てない、何の共通点もない、俺たちが同じ母親から生まれた子供だなんて言ったところで誰も信じない、あまりにかけ離れてるから友人関係になったことなんて一度もない、ただ両親と名字とほかならぬあの家を共有してただけの知り合い、手紙のやり取りも一切なし、母親が電話をかけてきて電話の向こうであいつが同席してたときに五、六回ほど挨拶と決まり文句を交わしただけだ、モヤ、互いに話すこともないから一切電話もしない、お互い相手を思い出す必要すらなしに人生を送ってこられたんだから、俺たちは互いに無縁の存在、地球の反対側の住人だ、血なんてものに何の意味もないことの有力な証拠、血なんてものは偶然だ、完全に無視して構わない、とベガは私に言った。俺は三八歳になったばかりだ、モヤ、お前と同い年、弟より四つ上、母親が死ななかったら弟のイボなんてまた会うこともなく一生やっていけたろうよ、そういうもんだ、モヤ、俺たちの間には憎しみも恨みもない、ただ単に俺たちは軌道の異なる二つの惑星、互いに話すことなんてない、共有するものもない、似たような趣味もない、今一緒にいるのはただミラモンテ区の母親の家を相続したからというだけ、それだけだ、とベガは私に言った。鍵造りしかやってこなかったような奴と俺が共通点なんて持ちようがない、せっせと鍵造りに人生を捧げてきたような奴、唯一の関心事は自分の店でもっと鍵が造れるかどうかって奴だ、モヤ、〈百万の鍵〉なんて名前の店の周りで人生の完結した人間、友人連中から避けがたく〈鍵屋〉のあだ名を頂戴するほかない人間、自分の宇宙と自分の死活問題が鍵の次元を超えないような人間だぞ、とベガは私に言った。弟は悪霊憑きだよ、モヤ、弟みたいな人生を送れる奴がいるなんて実に哀れだ、できるだけたくさん鍵を造ることに人生を捧げるような人間のことを考えると深い悲しみに襲われる、とベガは私に言った。実際のところ弟は悪霊憑き以下だ、モヤ、あれこそ鍵の力で金をかき集めてもっと車を、もっと家を、もっと女を手に入れたいっていう典型的な中産階級の商売人だ。弟にとって世界はきっと、自分一人だけがオーナーの巨大な錠前屋、店内での話題はただ鍵と錠前とドアノブと小型鍵の話だけっていう巨大な錠前屋なんだろう。でもまあ悪くないんだ、モヤ、それどころか弟は大繁盛、鍵の売り上げは伸びる一方、〈百万の鍵〉は次々支店ができてる、鍵の商売のおかげで実入りは増すばかり、弟はまさに成功例だ、モヤ、金鉱を掘り当てたってわけだ、なにせ住民がここまで鍵に強迫観念を持ってる国は他にないだろう、住民がここまで強迫観念全閉で閉じこもってる国も他にないだろう、だから弟は成功したんだ、住民が城壁に囲まれた自宅用に鍵や錠前を大量に使うからだよ、とベガは私に言った。俺は二週間前から話し甲斐のある会話をしたことがないんだ、モヤ、二週間前から俺が聞かされる話といえばただ鍵と錠前とドアノブのことだけ、聞かされる話といえばただ母親の家の売却に必要なサインすべき書類のことだけ、酷いもんだ、モヤ、弟と話すべきことなんて一切ないんだ、知的に取り組めるような最低限品格のある話題すらない、とベガは私に言った。弟の重要な知的関心事はサッカーなんだ、モヤ、国内サッカーのチームや選手についてなら何時間でも話していられる、お気に入りの場合は特にそう、アリアンサってチームだ、弟にとっちゃアリアンサは人類最大の達成、その試合は一試合も逃さず、アリアンサが一試合一試合勝てるものならどんな非道に手を染めるのも厭わないだろうよ、とベガは私に言った。そのアリアンサ狂いが嵩じて数日前、一緒にスタジアムに行くか誘ってみようなんてひらめきやがった、思い浮かぶだろ、モヤ、永遠のライバル相手の厳しい試合でアリアンサの応援に行こうってスタジアムに誘ってきた、そう持ちかけてきたんだ、まるで俺が群衆嫌いなのを知らないみたいに、まるで人間の集団に接すると俺が筆舌に尽くしがたい苦痛を覚えるのを知らないみたいに。俺はスポーツほど嫌いなものはないんだ、モヤ、スポーツほど退屈でバカになる気がするものはないと思ってる、だが国内サッカーは特にそうだ、モヤ、どうやったらボールを追って走り回る二二人の知能の限られた栄養失調者に弟が人生を捧げられるのか理解不能だ、弟みたいな奴じゃなけりゃ、ボールを追って走り回っては限られた知能をひけらかす二二人の栄養失調者のふらつく姿に発作を起こすほど熱狂できるわけがない、弟みたいな人間だけが、錠前屋とそれからアリアンサと称する栄養失調の知能制限者のチームに一番の情熱を燃やせるんだ、とベガは私に言った。当初うちの弟は母親の家を売らずに済むよう俺を説得できると思ってた、賃貸に出そう、それが一番だ、見るところ、不動産価格はどんどん上がってる、母親の家を売ったところで何の意味もない、と弟は言うんだ。だが俺は初めから釘を刺しておいた、間違いなく最良の決断は母親の家を売ること、それが俺にとって一番好都合、そうすれば二度とこの国に戻らずに済む、この国との、過去との、弟とその家族とのあらゆるつながりを断ち切れる、これ以上消息を知らずに済む、だから俺は初めから、きっぱりと釘を刺しておいた、弟が家の売却に反対の論をぶつ余地すら与えなかった、俺は自分の半分の取り分が欲しいだけだと告げた、もし今すぐ四万五千ドル払ってくれるなら家は今すぐくれてやる、そう言ってやった、とベガは私に言った、愚劣なセンチメンタリズムで俺を強請《ゆす》ろうって意図が丸見えだったからな、鍵と錠前だけが人生の奴ならではの考えだ、母親の家は家族全体の財産だとか抜かす、あそこで俺たちは育ったんだ、だから青春の最良の部分とつながってるんだとか抜かす、間抜けなセンチメンタリズムだ。俺はそんな愚にもつかない話を続けさせやしなかった、モヤ、俺にとって家族とは何の重きもない偶然だと言ってやった、その証拠に俺たち二人は何らのコミュニケーションなしに一八年も一緒に過ごせただろ、その証拠にこの家が存在しなかったらおそらく俺たちは二度と会うことはなかったろう、そう言ってやったんだ、モヤ、それからこの国で過ごした青春の日々、今や売却が急がれるあの城壁に囲まれた家で過ごした日々と繫がったものは一切忘れたいんだと教えてやった、ここで過ごした日々ほど忌まわしいものはない、人生最初の二〇年ほどムカムカするものはない、とベガは私に言った。ただただ愚行に明け暮れた日々だ、モヤ、あの日々で思い出すことといえば、マリスト会士と、ここからおさらばしたいという焦燥感、この腐り果てた地の只中で暮らさなければならないという事態から引き起こされる動揺だ。トリンにもう一度あのチャイコフスキーのピアノ協奏曲変ロ短調のCDをかけてもらおうかな、とベガは私に言った、他の誰かがやって来て別の曲をかけたいと言い出す前にもう一度あの協奏曲を聴きたい、俺はあのチャイコフスキーの協奏曲は何度繰り返し聴いても退屈しない、飽きないいんだ、モヤ、この時間帯はうざい客もほぼ確実にいないしトリンがいつも俺の音楽の趣味に応えてくれるから俺はここが大好きなんだ。俺が受け取るはずになっている母親の家を売った金の半分を弟が全力でちょろまかそうとするだろうことはお見通しだ、俺がこの国に戻る気がないとわかった以上、弟は全力で俺の金をちょろまかそうとするだろう、絶対そうなるぜ、モヤ、この国には戻らないという俺の固い決意に喜んでるのが遠くからでも丸見えだ、母親の家の売却を最大限遅らせる最良の方法を考えてるのが表情から読み取れる、母親の家を売った際の俺の取り分を送金せずにすむ最良の方法を考えてるんだ、少なくとも銀行に預けて金利が取れるよう半年ぐらい送金を遅らせようとしてくるだろうよ、とベガは私に言った。だが奴の前には一つ厄介事が立ちはだかってるんだ、モヤ、ただ一つ決定的な厄介事がな。俺はもうそいつを発見した、弟にはそう告げて、弁護士には、そちらが何であれイカサマを試みた場合俺はモントリオールには戻らない、だが俺の取り分の四万五千ドルを費やしてお前らの人生を滅茶滅茶にしてやる、相手は一人のカナダ市民だ、せいぜい気をつけるんだなと警告しておいた。弟の顔ったらなかったぜ、モヤ、憤懣そのものだ、まるで愛娘《まなむすめ》の貞操を俺が疑ったかのごとくだ、まるでこの種族がまさしく泥棒と詐欺の才能によって特徴づけられるなんてはずがあるかとでも言わんばかりだ。弟のイボの奴、俺のことを恩知らず、無礼、血も涙もない奴だ、頭にカスでも詰まってんのか、自分がそうだからって誰もが自分みたいな人間だと思ってやがる、なんて叫びだした。今朝、ほかならぬ弁護士事務所で、俺には何の価値もない、家族のことなんて人生で一度も気にかけたことがないのに母親がなぜ俺を遺言に含めたのか理解不能だと叫びだした。そう俺に叫んだんだ、モヤ、とベガは私に言った。で俺もこの国に二週間いてもう神経が昂ぶってたんで、弟の家に二週間、書類にサインして方々弁護士事務所を駆け回って二週間、それでもう神経が昂ぶってたんで、お前の意見なんて一切どうでもいいと言ってやった、俺にとって心底どうでもいいものがあるとしたらそれは俺に関するお前の意見だ、頭の中身は鍵と錠前だけ、しかも母親の家の金を取り上げようなんて考えてる奴の意見なんて一切気にするものか、そう言ってやったんだ、モヤ、でもちょろまかそうなんて思うなよって警告してやった、母親の家の金の俺の取り分一ドル一ドルに至るまで支払う羽目になるぞってな、とベガは私に言った。弟はまさに吐き気だよ、モヤ、だからまさに今朝あいつの家からおさらばしようと決心したんだ、テラサ・ホテルに移ろうってね、弁護士事務所を出ると俺は弟の家に向かって荷物をまとめ、テラサ・ホテルに移った、それこそこの国に来たときからすべきことだったんだ、どうして奴の自宅に泊まって奥さんや子供連中と過ごすなんて申し出を受けようと思ったんだろう、どうしてあんな連中の家でひと月も我慢して暮らせるなんて考えが頭をかすめたんだろう、ただ恐ろしく動転してたからこそ弟の家に泊まるなんて申し出を受けられたんだ、モヤ、この一八年間ずっと一人で暮らしてきたのに、この国と母親の家から逃げおおせてこのかた俺はずっと一人暮らしだったのに、とベガは私に言った。幸い弟の女房のクララは、俺が荷物を取りに行ったとき家にはいなかった、向こうにとって幸いってことだ、モヤ、俺も神経が昂ぶってたから、感謝することなんて何もない、お前たちの家で過ごした二週間は思い出しても人生最悪の二週間だ、こんな惨めな、愚劣な、精神と無縁な環境に沈み込んだことはない、ただ極限まで神経が昂ぶるだけの環境だったなんて言いかねなかったからな、とベガは私に言った、実に下劣な環境、サンサルバドルの中産階級の家庭特有の環境だ、そんなもの誰にも手にしてほしくない。弟の家はエスカロン・ノルテ区なんだ、モヤ、名前からして酷い区、本物のエスカロン区に住みたいと願えども本物のエスカロン区に家を買う金が足りない成り上がりの中産階級御用達の区だ、それで自分たちのためにエスカロン・ノルテ区を作り上げた、本物のエスカロン区と共通なのは火山の麓に広がってるってだけのエスカロン・ノルテ区じゃなく本物のエスカロン区に家を買えるだけの金がそのうち貯まりそう、そんな弟みたいな成り上がりの中産階級のためにね、とベガは私に言った。この街の拡大ぶりは酷いもんだ、モヤ、もう火山の半分を食い尽くしちまった、周りにあった緑はほとんど食い尽くしちまった、凄まじいシロアリの天性があるよこの種族は、なんでも食い尽くす、サンサルバドルから何キロか出ればもう、遅かれ早かれこの国は小汚い砂漠地帯に囲まれた小汚い巨大な街になると気づくだろう、とベガは私に言った、そもそも街自体が、見つけうる限り最も小汚いギスギスした街の一つだ、人間でなく動物が暮らすために設計された街、歴史地区を豚小屋に変えちまった街、なにせ歴史なんて誰も興味がないから歴史地区など必要なく豚小屋に変えられちまったんだ、実に豚小屋の街、吐き気のする街、支配しているのは、少しでも過去を思い出させる建築物を破壊してエッソのガソリンスタンドやハンバーガー屋やピザ屋を建てることが唯一の関心事の愚鈍な泥棒野郎ばかり。凄まじいよ、モヤ、とベガは私に言った、サンサルバドルはロサンゼルスの間抜けでグロテスクなミニチュア版だ、住んでる間抜けどもはロサンゼルスに住んでる間抜けどもみたいになりがたってる、この種族の生まれつきの自己欺瞞を証明する街だ、その自己欺瞞のおかげで奴らは魂の奥底からアメ公になりたいと望んでる、奴らの一番の望みはアメ公になることなんだ、誓ってもいいぜ、モヤ、だが一番大事な望みがアメ公になることだなんて奴らは認めない、自己欺瞞なんだよ、で奴らのピルスナービール、吐き気のするプサ、吐き気のするサンサルバドル、吐き気のするこの国を批判したりすれば殺されかねないんだ、モヤ、瞬《まばた》きもしないうちに殺されかねない、だが向こうにしてみりゃ一切どうでもいいのかもしれない、だからこんな病的な熱狂で自分の街と自分の国を破壊してるんだ。まさに吐き気がするよ、モヤ。この街は耐えられない、マジな話だ、とベガは私に言った、大都市のあらゆる汚濁と悲惨はあっても大都市の美徳はかけらもない、大都市のあらゆる汚点はあっても美点の要素は一つもない、車を持ってなきゃ詰みって街だ、なにせ公共交通機関は考えうる限り最も信じがたいものだからな、バスのデザインは家畜運搬用、人間用じゃない、人間はまるで動物扱いだが抗議の声はなし、動物扱いこそが日常、バスで移動するための唯一の作法は、日常的に動物扱いされるのに慣れることだ。信じがたいよ、モヤ、そんなバスの運転手はきっと幼少期から病的な犯罪者だったような連中だ、バス運転手に転身した雇われの犯罪者なんだ、とベガは私に言った、内戦中は間違いなく拷問や虐殺に手を染め、今じゃリサイクルでバス運転手だ、バスに乗ったその瞬間から、力の限りにフルスピードで運転する、停車命令も赤信号も何の交通標識も守らない犯罪者の手に命を預けちまったと悟れるよ、できるだけ少ない時間でできるだけ多くの人命を奪うのが唯一の目的の悪霊憑きだ、とベガは私に言った。ぞっとする体験だよ、モヤ、心臓病持ちには不向きの体験だ、健全な判断力があれば誰だってこの街で毎日バスになんて乗れやしない、毎日バスに乗ろうと思ったら精神の恒久的かつサディスティックな退廃が要る、リサイクルでバス運転手になったあの犯罪者どもを毎日我慢するには魂の下劣な調教が要る、誓うとも、モヤ、経験談だよ、俺自身二回バスに乗ったんだ、この街に着いたばかりのころだ、それだけでもう、こんな体験が続いたらあっという間に精神崩壊だと悟るには十分だった、それだけでもう、リサイクルでバス運転手になった犯罪者の手によって住民の大多数が陥った退廃の度合いを悟るには十分だったんだ、とベガは私に言った。お前はさ、モヤ、車を持ってるから俺の話してることがわからないんだ、きっとこれまでバスに乗る必要なんてなかったんだろう、車が故障してもバスに乗ろうなんて考えやしないだろう、誰か友達に行きたい場所まで車で連れて行ってくれるよう頼むんだろう。この街の人間は車持ちの人間とバスに乗る人間の二つに分断される、これが一番明白、一番根本的な分断だ、とベガは私に言った、収入の水準や住んでる地区はそれほど重要じゃない、重要なのは車を持ってるかバスに乗るかだ、モヤ、まさに恥辱だ。幸い今はテラサ・ホテルに泊まってるから、もう弟と付き合わずに済むだろう、女房のクララとも、奴らの子孫ともだ、テレビを見る以外何もしないあの子供たち、実に信じがたいよ、モヤ、ただテレビの前に陣取るだけの子供たちだ、なにせ打ち明けておくと、弟の家にはテレビが三台あるんだ、信じられないだろうがね、それぞれ違うチャンネルがしょっちゅう同時に点けっぱなしの三台のテレビ、あそこはまさに地獄だ、モヤ、ただテレビばかり見てるあの気狂い病院から今朝おさらばできて有難いよ。一台は、こいつに一番苦しめられたんだが、ダイニングのテーブルの真ん前にあって、食事時は避けようもない。もう一台は子供部屋で、巨大なスクリーンにビデオ付きの一番大きなのが、夫婦の寝室にある。恐ろしいぜ、モヤ、近くで観察したら身の毛がよだつ。家にいる暇な時間はテレビを見る以外何もしない家族、とベガは私に言った、本なんて一冊もない、弟は家に本なんて一冊も持ってない、何かの複製画もない、真面目な音楽のCDすらない、芸術だとか良い趣味に関わるものなどあの家では何一つ見つからない、精神修養に関わるものなどあの場所では何一つ見つからない、知性の発達に関わるものは何もないんだ、信じがたいよ、壁に掛かってるのはただ証明書に間抜けな家族写真、本棚には、本の代わりに、どこのアクセサリー屋でも売ってるような愚劣な装飾品があるだけだ、とベガは私に言った。どうやってあの場所で二週間も耐えられたのかさっぱりわからないよ、モヤ、三台のテレビから同時に音が聞こえるような家、最低限の品のある音楽、クラシックとは言わない、最低限の品のある音楽のCDの一枚もないような家で、どうやって二週間も続けて寝泊まりできたのか理解不能だ、あの人間のつがいの音楽センスには忌むべきものがある、芸術や精神の表出に関する奴らのセンスの完全な欠落には忌むべきものがある、とベガは私に言った、初めから終わりまで音が外れっぱなしのバラード歌手が歌う、おセンチな、気取った、吐き気のするような音楽しか聴かないんだ。で弟はいまだに恥もなく、この国に戻って暮らす気はないのかなんて訊いてくる、信じがたいよ、モヤ、あいつはどこかの時点で、俺がこの国に戻って暮らす可能性があるかもなんてひらめきを起こしたんだ。ゲロが出そうだよ、モヤ、俺が美術史の教授で、この国では美術史を教える所がどこにもないから、もしかしたら俺に山ほどチャンスがあるかもしれないなんて奴が抜かしたとき、あまりの吐き気にゲロが出そうだった、そう抜かしたんだ、モヤ、しかも大真面目にだ、サンサルバドルにいれば、美術史教育では競合相手がいないから多分大評判の教授になるだろう、すべてのポストは俺のもの、大学という大学がこぞって俺を美術史の主任教授に迎えたがり、もしかすると数カ月後には自分の美術史学校を立ち上げられるかも、さらに、しばらくしたら自分の美術専門大学の設立だってありえない話じゃないぞ、なんて抜かした。俺にそう言ったんだ、モヤ、笑いもしないでね、請け負うが俺をからかってたんじゃない、大真面目だった、しまいには鍵と錠前の商売じゃ競争が激しすぎる、美術史とは違う、そっちなら俺が一人だけの道を闊歩できるもんなって嘆いてみせた。幸い俺はもうあの家を出たからね、モヤ、重しが取れた気分だ、弟とその女房と話さずに済むのがどんなにせいせいするかわかるか、弟の友人連中と奴の女房と話さずに済むのがどれだけ嬉しいかわかるか、というのはつまり、弟とその女房は全然例外なんかじゃないってことだ、モヤ、愚劣さは奴らの専売特許じゃないんだ、友人連中にはもっと酷いのがいる、請け負うよ、例えば俺が美大の設立をかけ合ってみたらなんて素晴らしい話をひらめいた張本人らしいあの産婦人科医だ、婦人医学ではなく経営学やそれに似たような専門課程が教えられてる大学を明らかに所有してそうな産婦人科医、俺が女ならお世話になりたくないような産婦人科医だ、とベガは私に言った。医者連中は俺がこの国で出会ったうちで一番腐った人間だ、モヤ、医者連中はあまりに腐敗してるんでみんな怒りと吐き気しか感じない、世界中どこに行ったってここまで医者が腐敗した、力の限り金を奪い取ろうとするあまり人を殺しかねない国はないぜ、モヤ、この国の医者は存在しうる限り最も道徳に欠けた連中だ、俺自身の経験から言ってるんだ、この国の医者ほど卑劣でゲロの出る存在はない、ここの医者ほど野蛮で強欲な連中はお目にかかったことがない、とベガは私に言った。一週間前に医者にかかったんだ、母親の死とこの国での滞在と弟の家での寝泊まりで悪化した神経性大腸炎の薬を処方してもらおうと思ってね、物心ついたときからの大腸炎だよ、モヤ、だが不快な状況に否応なく直面すると悪化してね、薬さえあれば大丈夫な大腸炎だよ、モヤ、だが医者は本日の金《かね》づる発見と思った、奴の目の輝きようったらなかったぜ、モヤ、抑えのきかない強欲が目に表れてた、情け容赦なくむしり取れそうなお人好しを見つけたがゆえの興奮を隠しきれなかったんだ、信じがたいよ、手を洗浄したばかりの白衣の医者に宿る下劣。何やら色々検査を受けてくださいと言って、沈痛な顔をしたんだ、まるで俺が重体、腹膜炎寸前みたいにね、腹膜炎と口にしたんだ、一片の慎みもなく、淡々と専門用語を散りばめながら言ったのが、検査で陽性が出たらおそらく外科手術の可能性も考えないといけませんねだとさ、そう言われたんだ、モヤ。二度とその診療所に行かなくなったのもわかるだろ、とベガは私に言った、いつもの薬を多めに飲むだけにしたよ。だから言ってるんだ、あの弟の友人ってのがどんな類《たぐい》の産婦人科医だったものか、どれほどの女を損なってきたか、どれほどの子供たちが奴の愚かさのせいで死んできたか、診療所で働く代わりに大学の設立なんて思いついてるようじゃきっと惨憺たる産婦人科医だったに違いない、とベガは私に言った、でもまあこうしてみるとこの国じゃ大学の設立ってのは診療所の開設と同じぐらい容易だってことだ、この国ほど私立大学の多い国はないんじゃないか、一平方キロあたりの私立大学数ナンバーワン、人口あたりの私立大学数ナンバーワンだ、信じがたいよ、モヤ、ここサンサルバドルだけで四〇あまりの私立大学がある、考えてもみろよ、たかが人口一五〇万の都市に四〇あまりの私立大学、まさに常軌を逸してる、なにせほとんどの私立大学はおっちょこちょいから金を巻き上げる商売、知識の否認そのものでしかない、その証拠にこの国ほど高等教育が破壊された、レベルの低い国はないんだ、とベガは私に言った。私立大学が増えれば増えるだけ卒業する連中の愚劣と不実も増す。それが掟だ、モヤ、この国じゃ誰も知識なんて興味ないことの動かぬ証拠だ、連中の関心は学位の取得だけ、学士様の称号獲得こそが目標、就職できるよう経営学士様の称号をゲットすること、何も学ばないとしてもだ、なにせ何を学ぶ興味もないんだ、何も教えられる奴がいないんだ、教授連中がそもそもまるで飢え死に寸前の猫、唯一の関心は学位を得て、学士様になりたがる別の猫たちに授業ができるようになりたいって有様なんだ、まさに災難だよ、モヤ、とベガは私に言った。中でも一番の災難、途方もない恥辱は、エルサルバドル大学、自治大学、国が運営する唯一の大学、この国の高等教育を主導するはずの大学、最古にしてかつては（何十年も前だ）最高の権威だったあの大学の現状だ。信じられなかったよ、モヤ、エルサルバドル大学のキャンパス訪問を思い立った日の朝、俺はこんな恥辱を信じられなかった、まるでアフリカの難民キャンプだ。ビルは崩れかかってるし、すし詰めになった木造の建物からは悪臭が漂い、ちゃんと建ってる数少ないビルの廊下は人糞まみれ、エルサルバドル大学の廊下に人糞だぞ、歩く際に踏まないよう要注意の人糞のせいで国一番の大学の廊下が悪臭と吐き気のする環境だ。どこぞの上品な都市郊外にある幼稚園の図書室にこそふさわしい図書館を備えた大学、ソ連の教本しか置いてない本屋を備えた大学、いまだに教えられてる数少ない人文学と社会科学の授業の教科書がソ連の教本という大学。信じられなかったよ、モヤ、あの大学は糞便だ、エルサルバドル大学は軍人と共産主義者の直腸から排出された糞便以外の何物でもない、軍人と共産主義者が戦時中に同盟を結んでエルサルバドル大学を糞便に変えちまった、軍人どもはその犯罪への介入、共産主義者はその生まれつきの間抜けぶりを発揮してそれぞれ結託し、この国最古の学問の拠点を悪臭と吐き気のする糞便に変えちまったんだ、とベガは私に言った。俺がマギル大学の美術史講座をむざむざ手放して大学と自称する幼稚園みたいな腐敗した界隈だか国家予算で運営される糞便だかまでわざわざ授業しに来る気があるかもなんて思うとは、弟も筋金入りのとんま野郎に違いない、俺が自分の講座を手放して経営学士様になるのが唯一の関心なんて畜生の群れに物を教えに来る気があるかもなんて考えたとしたら、弟も究極のとんま野郎に違いない。頭がおかしいんでもなけりゃ、絶対、お前みたいにさ、モヤ、この国で何かが変えられるなんて思わないぞ、何かを変えるのに価値があるなんて思わないぞ、ここの人間が何かを変えようと思ってるなんて思わないぞ、とベガは私に言った、一一年の内戦ですら何も変えようがなかったんだ、一一年の殺戮の果てに残ったのは相変わらずの富裕層、相変わらずの政治家連中、相変わらずへたばった国民に、相変わらずの愚劣が隅々まで浸透してるときた。全て幻覚だ、モヤ、悟りなって、自分の頭で考える人間、知識に興味ある人間、学問に従事する人間は、この国から一刻も早くおさらばするべきなんだ。ここにいたらお前は腐る、モヤ、一体何しに戻ってきたんだ、新しいスタイルの新聞を創るなんてそんな考えはまさに世間知らず、現実を見ようとしないのぼせ上がったお前のみたいな脳味噌が考えそうなたわごとだ。この種族は知識や知的好奇心に喧嘩を売ってる、絶対にそうだ、モヤ、この国は時間と世界の外にあるんだ、この国はかつて大虐殺のあるときだけ存在し、かつて数千の殺戮者のおかげでのみ、軍人と共産主義者の犯罪の才能のおかげで存在しただけだ、その犯罪の才能の外では存在しうる可能性はないんだ、とベガは私に言った。新聞なんてのはまさにこの国民の知的精神的惨状の最良の見本だ、モヤ、今ある二つの朝刊紙にざっと目を走らせるだけで、俺たちがどんな国にいるのかよくわかる、その新聞を作ってる奴らと買ってる奴らの知的精神的惨状がよくわかる、読むためのものじゃなく目を走らせるために作られた新聞だってことがよくわかる、この国じゃ誰も物を読むなんてことに関心がないんだ、読まれるような記事を書ける人間なんて新聞社にはいないんだ、実のところあれは言葉の厳密な意味での新聞なんかじゃない、最低限の教育があれば誰だってあんなバーゲンセールのカタログ、あんな広告の寄せ集めを新聞なんて呼んだりしない、だからここの人間が新聞を買うのは読むためじゃなく広告に目を走らせるため、一番いいバーゲンセールの情報を得るためだって言ってるんだ、それがここの人間が新聞で一番関心ある箇所、広告とバーゲンセールだ、役に立つのはそれだけ、広告とバーゲンセールの情報を得るためだ、とベガは私に言った。それにあの新聞の論説委員、ああも狂信的で、ああも狂犬じみた、ああも愚鈍で、ああも知的精神的惨状を晒した論説委員には今までお目にかかったことがない。まさに今朝その一人が、ビル・クリントン大統領は共産主義者だ、国連事務総長は共産主義者だ、国連という機関は実は裏で共産主義者が糸を引いている、なんて書いてた。四年前から共産主義者どもが一斉に逃げ惑ってるのもお構いなし、アメリカの大統領だろうがお構いなし、あの腐れバーゲンカタログの論説委員にとって時間の経過は存在しなかったし世界はその病的な強迫観念から一歩も出やしないんだ、とベガは私に言った。まさに吐き気のする新聞、少しでも考えればわかることだ、モヤ、だが世間じゃお気に入りだ、ここの国民はこうも粗野で下劣なもんだからこんな新聞がお気に入りなんだ、どうしようもないぜ、モヤ、だからお節介を焼くことはない、読むための新聞を出してここの人間の趣味を変えようなんて思わないことだ、請け負ってもいいがそんなもの誰も買いやしない、請け負ってもいいが読むための新聞なんて誰も興味なし、読むための新聞なんてこの国で一番奇異な代物だ、ここで唯一興味を引くのは広告とカタログだよ、とベガは私に言った。幸い俺はこの腐れた土地もあとほんの一週間、ここいらで新聞なんて呼ばれてる狂犬じみたバーゲンカタログで神経をやられずに済む、幸い弟とその家族をもう我慢せずに済むんだ、モヤ、幸いようやくホテルにこもって本が読める、母親の家を売却するための最後の必要書類にサインするために弁護士から電話が来るのを待っていられるんだ。ホテルの部屋で夜を過ごせると知ったときの俺のホッとした気分がわかるか、モヤ、とベガは私に言った、この地で残された一週間をエアコン付きの自分の部屋にこもって過ごせると知って俺は途轍もなくホッとしてるんだ、弟とその女房に引っ張り出されてあの恐ろしい散歩に付き合わされずに済む、おそらく帰国したエルサルバドル人がこぞって行きたがる諸々の酷い場所、〈名所〉だなんて呼ばれてる、俺が一八年間の外国暮らしで懐かしがってたに違いないと察せられる諸々の場所巡りだ、まるで俺がこの国に関連する何かにノスタルジーを感じたことがあったとでも言わんばかり、俺みたいな人間がノスタルジーを感じられるような価値のあるものがこの国にあるとでも言わんばかり。たわごとだ、モヤ、凄まじいたわごとだ、とベガは私に言った、だが奴らは俺がそんなものに興味はないと言っても信じなかった、奴らは俺が何のノスタルジーも感じなかったと言い聞かせても冗談だと思った、であだこうだと言ってバルボア公園までププサを食べに俺を連れ出した、なんとまあ、世間でププサと呼ぶあのギトギトの豚ミンチ炒め入りトルティーヤを食べに行くだとよ、まるであのププサを食べて俺に下痢以外の何かが起きるとでも言わんばかり、まるで俺があんな油ギトギトの下剤料理に舌鼓を打つだろうとでも言わんばかり、まるでププサのまさに吐き気のする味を俺が好きこのんで口に入れるとでも言わんばかりだ、モヤ、ププサほどギトギトした有害なものはない、ププサほど汚くて胃に悪いものはない、とベガは私に言った。生まれながらに空腹で馬鹿だからこそこの人間どもはあれだけ嬉々としてププサみたいな不快なものを好んで食べてるんだ、空腹で物知らずだからこそここの連中はププサを国民食だなんて思えるんだ、モヤ、よく聞け、ププサの批判なんて絶対にしようと思うなよ、不快で有害な食べ物だなんて絶対に口にしようなどと思わないことだ、殺されるぞ、モヤ、アメリカじゃ何万人ものエルサルバドル人が奴らの不快なププサを夢見ながら暮らしてる、奴らの下剤ププサを食べたいと熱望するあまり、ロサンゼルスにププサ屋のチェーンまであるぐらいだ、とベガは私に言った、さらに絶対に忘れちゃならないが、エルサルバドルに留まる五〇〇万のエルサルバドル人は宗教ばりに日曜の晩、奴らの不快なププサを食すんだ、あのギトギトの豚ミンチ炒め入りトルティーヤ、夕刻の聖体拝領の聖餅《ホスチア》の役割を果たすあの汚らしい揚げ物を。ププサが国民食という事実は、ここの人間は味覚まで鈍感だって証だ、モヤ、味覚の退化した人間じゃなきゃあの不快なギトギトの豚ミンチ炒め入りトルティーヤを食べ物だなんて思えたもんじゃない、とベガは私に言った、で俺の味覚は正常だから、そんな汚らしい物食べられるかと断固拒否した、あまりに断固とした調子だったから弟も即座に、俺が冗談を言ってるんじゃない、俺があの不快なププサを食べに行くことはないと悟った、多分それが俺たちの間での最初の口論だったはずだ、というのもまさにそのバルボア公園で奴は俺の罰当たり、それから奴が言うところの俺の愛国心の欠如を責めだしたんだ。思い浮かぶだろ、モヤ、まるで俺が愛国心とやらに価値があると思ってると言わんばかり、まるで愛国心は政治家がでっち上げたよくあるたわごとの一つだと俺が完全には確信していないとでも言わんばかり、つまり、食べてたら胃腸を壊してただろう、神経性大腸炎がさらに悪化してただろうあの不快なギトギトの豚ミンチ炒め入りトルティーヤがまるで愛国心に関わるものだと言わんばかりだ、とベガは私に言った。これが弟とその家族との散歩だ、モヤ、まさに悪夢、俺の神経性大腸炎を迅速に悪化させる手段、俺の神経を昂ぶらせる有効なメソッド、弟とその家族とのあの散歩ほど俺の情動の安定を破壊するものはない、特に弟の子供たちは俺の平安をぶち壊すに足る特質を全て兼ね備えてる、思い出すだけで正気を失いかねない子供たち、テレビを見る以外何もしない点で一等馬鹿で有害な子供たち、頭の中には来る日も来る日も四六時中見てるテレビドラマ以外入ってない子供たち、人生はテレビドラマに過ぎないという子供たち、実に酷い話だ、モヤ、どうやってあれだけの時間堪忍袋の緒が切れずに我慢できたのかわからない、俺を「叔父さん」と呼んだまさにそのとき以来俺の精神を乱してきたあの馬鹿で有害な子供たちをどうしたら二週間もやり過ごせてたのかわからない、とベガは私に言った。俺にとって子供ほど我慢ならない生き物はないんだ、モヤ、ずっと子供と一緒にいるほど俺にとって耐えがたいことはない、だから俺は子供のいる場所で暮らそうなんて絶対考えやしない、とベガは私に言った、この国に戻ったことで神経が極度に昂奮してたんでなけりゃ、弟には九歳と七歳の子供がいると知りながら一カ月の滞在中その家で暮らす誘いを受け入れたなんて説明がつかない、人生で出会ったどんな子供よりイラつく子供が二人だ、なにせ弟の子供たちにとって俺はただのそこいらへんの大人じゃない、弟の子供たちにとって俺はエディ叔父さんだ、頼むよ、モヤ、弟の子供たちは俺をエディ叔父さん呼ばわりするんだ、あのイラつく馬鹿の有害小僧どもが俺をエディ叔父さんと呼ぶのをやめさせる手段はなかった、俺の名前はエドガルド、それが俺の名前なんだから俺のことはエドガルドと呼ぶこと、そう度々言い聞かせたところで何の役にも立たなかった、無視したところで、あの子供たちのエディ叔父さん呼ばわりに知らんぷりをしたところで何の役にも立たなかった、奴らは俺の名前はエドガルドだと一生理解できないんだろう、俺の名前はエドガルドでエディ叔父さんじゃないという事実はテレビドラマの言葉しか理解できないあの馬鹿な有害おつむの守備範囲外なんだ、とベガは私に言った。大人になってからというもの俺はエディなんて呼ばれたためしはない、エディ叔父さんなんてなおさらだ、モヤ、俺が毛嫌いするものがあるとすればそれは縮小語というあの誠実さに欠ける習慣だ、下衆なとんまでもなけりゃ人を縮小語で呼べたりするもんか、下衆なとんまじゃなきゃ俺をエドガルドの代わりにエディなんて呼べたりするもんか、俺はそう母親に言ってやったよ、大昔、思春期の終わり頃、お前と知り合ったマリスト会士の学校での受難もそろそろ終わりって頃だ、とベガは私に言った、で母親は俺をエディ呼ばわりするのをやめるのに一苦労だった、母親は俺がモントリオールに発って二年の間一切言葉をかけなくなって、一切連絡しなくなってようやく、俺の名前はエドガルドだと理解したんだ。これぞ真理だ、モヤ。愚劣なものはひと思いにぶった切るに限る、愚劣な人間にはどっちつかずの領域は理解できないんだ、とベガは私に言った、だから今、弟の子供たちの声をもう聴かずに済むのが嬉しいよ、ホッとしてるよ、あのイラつく子供たちにエディ叔父さん呼ばわりされるのを二度と聴かずに済む、奴らの唯一の精神の糧であるあの馬鹿な有害テレビドラマについて馬鹿の一つ覚えみたいに質問してくるのに答えずに済む、ただ俺の神経を苛立たせるだけのあの散歩に付き合わずに済む、とベガは私に言った。中でも最悪だった散歩、モヤ、あの数々の散歩のうちで一番忌まわしい散歩、俺をほぼ完全に破壊したやつ、俺の神経をズタズタにしたやつは、俺を港に連れて行こうなんていう弟のおぞましい考えだ、海に行ってシーフードを食べよう、海に入ろう、あの女房と二人の有害児も一緒だなんておぞましい思いつき、おそらく世間じゃ、何年もの外国暮らしから帰ったばかりのエルサルバドル人の何よりの望みはビーチ旅行、せっかくサンサルバドルからわずか三〇キロで港なんだからってことなんだろう、で弟も思ってたんだ、俺も港まで足を伸ばしたいと溢れる思いを胸に帰ってきたんだろうとね、とベガは私に言った。吐き気のする港だよ、モヤ、こんな国に〈ラ・リベルタ〉なんて名前の港だなんて不実な精神の産物でしかありえない、役立たずの廃港をラ・リベルタと呼ぶなんて冗談にもほどがある、海の藻屑へと崩壊一歩手前のポンコツ埠頭をラ・リベルタ呼ばわりとは、ここの人間が抱いてる自由《リベルタ》の概念が手に取るようにわかるよ、モヤ、気の滅入るような港、実に酷い場所だ、弟に言ってやったよ、どうやったらあんな気の滅入るような港に行くのが娯楽だと思えるのか理解不能だ、凶暴なまでに暑い場所、凶暴なまでの残忍さで太陽が照りつける場所、住人の顔つきも暑さと日射しで凶暴になった人間特有の顔つきなんだぞ、とベガは私に言った。弟は〈プンタ・ロカ〉って名前のレストランに入ろうと言って聞かなかった、ビーチの真ん前、ポンコツ埠頭からは五〇〇メートルほど、ビーチが間近なのと、海とポンコツ埠頭が見える眺めが魅力のレストラン、あのレストランに耐えられたのはただ、凶暴な太陽から身を守ってはくれたし、あの濃縮されたような凶暴な暑さに辛うじて効き目のあるそよ風が入ってきてたからってだけだ、とベガは私に言った。でいざあのレストランに入ったらだ、モヤ、誰彼構わずイラつかせるあの有害児どもも一緒だ、そしたら弟のやつが一緒に貝のカクテルを食べようって誘うんだ、この国に帰ってきた人間にとってビーチでよく冷えたピルスナーと一緒に貝のカクテルを味わう以上の楽しみはないだろって言った、そう言ったんだ、モヤ、あの吐き気のするビールを飲んだら腹を下すからと俺が言い聞かせておいたのがまるでなかったことにされてた、俺は貝のカクテルなんか一切食べたくない、貝を見るとただただ吐き気がする、レモン汁を振りかけられたその下で身を捩《よじ》るあの海産物ほどムカつくものはない、そう言っておいたのがまるでなかったことにされてたんだ。あんな吐き気のするものを食べられる奴がいるだなんて俺には想像できない、モヤ、あの虫みたいなのを食べたのは二〇年以上も前に一度きり、その一度だけでもう十分、あの汚ならしい虫みたいなのは糞便の味がすると確認できた、貝を食べるという経験ほど糞便を食べるのと似た経験はない、俺が貝の味と聞いて唯一連想が浮かぶのは糞便の味、吐きそうだよ、モヤ、太陽と浜辺の暑さのせいで凶暴になった人間ならではのまさに吐きそうな思いつきだ、俺は弟にそう言ってやった、俺は貝のカクテルなんて吐きそうなものを食べるだなんて一切興味ない、糞便味の虫みたいなもの、口に入れるなんてまっぴら御免だとね、とベガは私に言った。弟は御機嫌斜めだ、モヤ、特に俺が、貝はププサ以上に吐きそうだ、貝とププサがこの国一番の名物料理という事実はここの人間の味覚は退化してるという俺の考えをますます強めるだけだ、そう言ったせいだ。あの散歩で俺がどれだけ苦しんだかわかるか、モヤ、あの太陽の凶暴な蒸し暑さに俺がどれだけ絶望したか、あの太陽とあの暑さの凶暴な攻撃の中で俺がどこまでイライラさせられたか、あのレストランであの有害児どもに付きまとわれ、吐きそうな糞便味の貝を弟がクチャクチャやってる中、ポンコツ埠頭を奥に眺めながら俺がどんなにカリカリしてたかわかりゃしないだろうよ、とベガは私に言った。最悪なことに弟が、ひと泳ぎしようぜ、なんて言ってね、ちょうど引き潮だからひと泳ぎしようぜなんて持ちかけやがった、海に入れば元気も戻るさ、波に揺られてりゃ気分も良くなる、お天道様の下の海水浴ほど健康的なものはない、水着を貸してやるからさ、さあほら、なんて言いやがった。信じがたいよ、モヤ、弟は俺がそんな笑い者になる真似ができる男だとでも思ってたんだ、とベガは私に言った、ほとんど裸でわざわざあの凶暴な太陽の下に飛び出してわざわざ汚い砂と塩辛い水でベトベトになるのが俺が楽しいとでも、大喜びでわざわざ波と小汚い砂に揉まれに行くだろうとでも。この国のビーチほど酷いビーチにはお目にかかったことがないぜ、モヤ、ここのビーチの砂ほど小汚い砂にはお目にかかったことはない、ラ・リベルタ港のビーチは疑問の余地なしに一番反吐が出る、あの砂の小汚さときたら一等厚かましくでもなけりゃ上で転げ回るなんてできやしない、一等厚かましい奴らでなけりゃあの反吐の出るビーチの小汚い砂の上で転げ回るのが楽しいなんて思えない、俺は弟にそう言ってやった、何があってもあの太陽の下に出るなんて御免だ、凶暴になって、小汚い砂まみれになって、あの反吐の出るビーチの悪臭のする水でベトベトになるなんて御免だとね、とベガは私に言った。今はもうあんな散歩はせずに済むからひと安心だ、モヤ、弟だって金輪際わざわざ俺を散歩に誘ったりしないだろう、国外に住んでるエルサルバドル人が懐かしがってるがそんな感情は生まれつきの愚劣を証し立てるだけのあんな場所を、方々ほっつき歩こうなんて誘ったりしないだろう、まあ実のところあの散歩を唆《そそのか》したのは弟の女房のクララだ、奴のことはまだ話してなかったな、モヤ、あの人間のことを説明するほどムカムカすることはない、あんな性根の生き物に出会ったのは初めてだ、おつむの中は新聞の社交欄とメキシコのテレビドラマだけって化け物、元はチェーンの服屋のしがない店員で、どういうわけか悪霊憑きのうちの弟を引っ掛けて家庭とかいうおぞましい代物を築きやがった、とベガは私に言った。信じられないだろうけどな、モヤ、あの化け物はずっと新聞の社交欄に首ったけなんだ、あの化け物は毎日毎朝大興奮で新聞の社交欄のページを入念にチェックしてる、それが奴にとって第一の楽しみ、人生に意味を与える唯一のものなんだ。ティーパーティーに誕生会に記念日、誰々が婚約したの結婚したの、生まれたの亡くなったの、今までもこれからも会うことはない人たちの話を仕込んでる、なにせ元はただのチェーンの服屋の店員で捕まえた男は鍵と錠前造りの悪霊憑きなんだからな、とベガは私に言った。信じがたいよ、モヤ、あのしがない元店員ときたら、社交界のイベントの話しかしないんだ、社交界の人士がどうしたのこうしたの逐一記憶してる、新聞の社交欄を事細かく暗記するように読んで社交界の出来事を熱烈に楽しんでるんだ。あんな性根の化け物にはお目にかかったことがなかったよ、モヤ、誓うけどな、新聞の社交欄に載るのが念願なんて人間に出会うとは想像だにしなかった、俺を「義兄《にい》さん」と呼ぶが早いか新聞の社交欄で知った社交界の最新ゴシップを聞かせようとする、そんな人間がいるなんて想像だにしなかった、とベガは私に言った。ゲロが出る化け物だよ、モヤ、新聞の社交欄に載ることなんてまずないし、新聞の社会欄で毎日ああも興奮して読んでる社交界の人間と知り合う可能性なんて間違いなくゼロ、そんなしがない元店員だ、社交界の人間が上昇志向のしがない元勤め人と知り合いたいなんて気を起こすかよ、朝の間《あいだ》じゅう頭はヘアカーラーだらけでテレビは点けっぱなし、目は新聞の社交欄に載った社交界のゴシップに釘付けなんて化け物だぞ、とベガは私に言った。一度見てみたらいい、モヤ、頭はヘアカーラーだらけでテレビは大音量、で本人は熱に浮かされたように新聞の社交欄を嗅ぎ回ってる姿をさ、グロテスクな見世物、心底ゲロが出る異常な光景だ、とベガは私に言った。だが午後はさらに酷い。テレビの前に陣取ってあの軽蔑すべきメキシコのテレビドラマ鑑賞だ、午後はずっとテレビの前であの軽蔑すべき、見たら馬鹿になるメキシコのテレビドラマに夢中でな、と同時に女友達と長電話だ、話題は新聞の社交欄で読んだ社交界のゴシップに、最近ハマってるメキシコのテレビドラマ、そんな長電話が奴の人生だが、相手の女友達もおそらく服屋の卸売チェーンのしがない店員か元店員で、夢は新聞の社交欄に載ること、それに普段からゴシップを読んで知っている上流階級の人士と知り合うことだ、まるで人生はメキシコのテレビドラマそのもの、あるいはまるで自分自身があの軽蔑すべきメキシコのテレビドラマの主人公の役を演じるあの軽薄なたわけ女優だとでも思って生きてる服の卸売チェーンのしがない店員あるいは元しがない店員なんだよ、とベガは私に言った。患者だよ弟の連れは、モヤ、まさしくメキシコテレビドラマ病患者だ、あの家で二週間も寝泊まりできた自分の抵抗力には驚かされる、そのぐらいの化け物だ、あれは俺の偉業だね、たとえ自分の健康と引き換えだったとしても、その代償が大腸炎の悪化と神経系の乱れだったとしても、まさに俺の偉業だ。おいもう一杯ウィスキーを頼めよ、モヤ、とベガは私に持ちかけた、俺のペースに付き合わせなくたっていいんだ、俺は二杯までしか飲めない、それ以上は一杯だって無理なんだ、大腸炎のせいでね。俺のやり方はこうだ、モヤ。ウィスキーを二杯飲んであとはひたすらミネラルウォーターだ、というのも自分が二杯しか飲めない、神経性大腸炎のせいでそれ以上は一杯たりとも飲めないとわかっていながらいつもあっという間に飲んじまうんだよ、今日みたいにね、毎日これだ、避けようがない、あとはずっとミネラルウォーターだけとわかっていてもさっさとウィスキーを飲んじまうんだ、とベガは私に言った、というのも結局のところ俺にとって一番楽しいのはここで二時間ほど落ち着いて過ごすことだからな、あの憎むべき下剤ビールを出す酒場の始末に負えない酔っ払いどももいないし、好きな音楽が楽しく聴ける、それもこれもほとんどいつも他に客のいないこの時間帯はトリンが俺のリクエストに応えてくれるおかげだ。で俺は夕暮れを楽しむんだ、俺はこのパティオで夕暮れを味わうのが大好きでね、唯一それだけが心を静めてくれる、わざわざ俺の神経を苛立たせるために作られたこの街で唯一リラックスさせてくれるんだ。このパティオで夕涼みさ、モヤ、このマンゴーとアボカドの木が並ぶ下でこの街の蒸し暑さをしのぐんだ。ここはずっと、この小汚い街の常識外れの狂躁と、弟とその連れのテレビドラマ妖怪と有害児どものたわごとから逃れるための俺のオアシスになってきた。幸い、今はホテルの部屋にこもってモントリオールから持ってきた本が読める、とベガは私に言った、絶望に深々と落ち込まないよう充分に本を持っていこうと先見の明が働いてね、この国には俺の精神の滋養になるものなどあるはずがないと予測したんだ。本も、美術展も、劇の上演も、映画も、俺の精神の滋養になるものなど一切無しだ、モヤ、ここじゃ誰も悪趣味と芸術を取り違えてる、愚劣や無知と芸術を取り違えてる、この国ほど芸術や精神の表出と肌の合わない国もないだろうよ、このバーに夜の八時過ぎまで居座ってみるだけでいい、〈アートショー〉とやらの始まりだ、そうすりゃここじゃ誰もが芸術と猿芝居を取り違えてると確証できる。初めてこのバーに来た日、俺は夜遅くまで居残ってな、モヤ、その〈アートショー〉を見物したんだ。若いメンバー揃いのバンドがカウンター正面のあのお立ち台に上がった、ビラの文句によると、最注目の国産ロックバンドの一つらしい。憎むべき経験、最低限の芸術的感受性を備えたいかなる個人をも震え上がらせ打ちのめす形式、騒音と音楽の取り違えとしちゃ俺の知る中で最もグロテスクな形だ、モヤ、あの輩は無情なまでの音痴、自分たちの出す騒音以外何もお構いなし、昔のブリティッシュロックの曲の卑しい猿真似に浸って恍惚としてやがった、厚かましいことにビートルズやローリング・ストーンズやレッド・ツェッペリンの曲をズタボロにしてやがった。あの辺のイギリスのバンドの音楽をあそこまで厚かましくも卑しくズタボロにする奴にはお目にかかったことがなかった。俺は恐れ慄《おのの》いて退散したよ、モヤ、神経を引き攣《つ》らせてね。次の日トリンに、今晩の〈アートショー〉までお待ちになりますかと訊かれたよ、ラテンアメリカの民族音楽《フォルクローレ》のグループが登場するんだとさ。いや、あんな経験は金輪際二度と御免だと答えたね、とベガは私に言った。俺にとっちゃラテンアメリカのフォルクローレは一等憎むべき存在だ、モヤ、俺はずっと一等の嫌悪感を込めてラテンアメリカのフォルクローレを憎んできたんだ、アンデス風のポンチョをまとった連中の演奏するあのアンデス生まれのメソメソした音楽ほど憎むべきものはない、あの連中はアンデス風のポンチョで仮装してあのメソメソした音楽を演奏してるだけで自分が公正な大義の闘士だとでも思ってやがる、実際のところはラテンアメリカ人に扮した道化役者、あのメソメソした音楽を聴いてるだけで自分が公正な大義に参与してると思ってやがるとんまどもを騙《だま》くらかしてるだけだ。あの憎むべきラテンアメリカのフォルクローレを演《や》って公正な大義で金儲けするあの手の道化役者どものことはよく知ってる、ああいう質《たち》のはモントリオールに吐き気のするほどうようよいるから実によく知ってるよ、モヤ、何十年も前から〈ラテンアメリカ的〉ってのは、ピノチェトに追い出されたチリの共産主義者が流行らせたあの憎むべき音楽と同一視されてる、俺がエルサルバドルの共産主義者連中から逃げたときと同じぐらい嫌悪感を感じたのは、チリの共産主義者連中、あの憎むべきメソメソした音楽の元凶どもから逃げたときぐらいのもんだ。モントリオールからサンサルバドルくんだりまでやって来てまでラテンアメリカ人に扮した輩の演奏するあの憎むべき音楽を聴くなんて起こりうる最悪の事態だ、そう俺はトリンに言ってやった、とベガは私に言った。一度体験しちまえばもうそれだけで、このバーで提供される〈アートショー〉とやらには驚かない、あの卑しいロックバンドだけでもう結構、弟の家で新聞をめくりテレビを見ただけでもう、自分がどんな不毛の地にいるかはわかってたんだ、モヤ、ここは穴、深い深い淵、自称芸術家とその制作物なんてのはただの道化芝居、哀れなもんだ、だってその上に奴らは自分が最高だと思ってるんだからな、あまりに無知で凡庸なもんだから自分たちが最高の芸術家だとばかり思い込んでるんだ、俗悪で凡庸なペテン師じゃなしに。まさに吐き気だよ、モヤ、芸術家の代わりにペテン師のいる国、いるのはクリエイターではなく凡庸な猿真似野郎。お前はここで何をやってるのかさっぱりわからないよ、モヤ、文学をやってると言うのなら他の場所を探せって。この国は存在してない、ここで生まれた俺が請け負う、俺は普段から世界の主要な芸術関連の定期刊行物を受け取ってる、世界の主要な新聞や雑誌の文化芸術欄にじっくり目を通してる、だから請け負うがこの国は存在してない、少なくとも芸術面においてはだ、この国について誰も何も知らない、誰も興味なし、ここの領土に生まれた個人は政治や犯罪がらみでもなきゃ芸術の世界には存在しないんだ、とベガは私に言った。ここを出るんだ、モヤ、錨を上げるんだ、ちゃんと存在してる国に処《ところ》を定めるんだ、お前が価値あるものを書くにはそれしかない、ここでお前が発表しちゃここで賛辞を頂戴してるあんな貧相な短篇じゃなしにだ、そんなもの何の役にも立ちやしない、モヤ、田舎特有のごますりでしかない、お前は価値あるものを書かなきゃダメだ、ここじゃそいつは無理だ、絶対。もう言ったろ。この民族は芸術や精神の表出とは肌が合わない。唯一の天性は商売、だからみんな会社の経営者になりたがる、自分の商売の舵取りをもっと上手くやれるようにってな、だから軍人の前で跪《ひざまず》くんだ、なにせ軍人は戦争のおかげで有能な商人になる道を学んで一級の商売を立ち上げたからな、とベガは私に言った。ここの文化は無文字文化だ、モヤ、書き言葉に拒絶された文化、記録だの歴史的記憶だのといった資質をことごとく欠いた文化、過去など一切感知しない、〈虻《あぶ》文化〉、唯一の領野は現在、直近のもの、二秒もすれば窓ガラスの存在を忘れ二秒ごとに同じ窓ガラスにぶつかる虻の記憶力を備えた文化、惨憺たる文化だ、モヤ、こんな文化にとって書き言葉などなんの重みもない、一等悲惨な文盲から跳躍一閃、テレビ画面に映るたわごとに恍惚とする文化、死の跳躍だ、モヤ、ここの文化は書き言葉を飛び越した、人類が書き言葉から発展を遂げてきたあの幾世紀もの歩みをただ単に棚上げしたんだ、とベガは私に言った。だが正味の話、モヤ、この文化的惨状は抜きにしてお前への親愛の情から言うけどな、お前が見定めるべきは自分に本当に作家の資質があるかどうか、芸術作品を創造するのに必要な才能と意思と規律が本当にあるかどうかだ、真面目な話だぞ、モヤ、あの貧相な短編じゃどこにもたどり着けやしない、お前がこの齢《とし》であんな誰の目にも留まらない貧相な短篇を発表し続けるなんてあり得ない、誰にも読まれないいんだぞ、誰の興味も惹かないから読まれやしない、あの貧相な短篇は存在してないんだぞ、モヤ、近所のお友達連中の間だけだ、あのセックス・アンド・バイオレンスの貧相な短篇の一篇たりともだ、これは親愛の情から言ってるんだぞ、ジャーナリズムか他の分野にしがみ付いてた方がマシだ、だけどお前の齢であんな貧相な短篇ばかり出してるなんて憐れになってくるぜ、とベガは私に言った。どれだけセックスと暴力をつぎ込んだってあの貧相な短篇は遠くまで届きっこない。時間を無駄にするな、モヤ、ここは作家の国じゃない、この国が優れた作家を生み出すのは不可能だ、誰も物を読まない、誰も文学にも芸術にも精神の表出にも興味なしの国で価値のある作家が出る可能性なんてあるものか。著名な作家、おらが村の神話的作家の例を思い出すだけで充分だ、並の、平凡な、普遍的レベルに達しない作家ばかり、文学よりもイデオロギーを気にかける連中ばかりだ。しらばっくれなくていいんだぞ、モヤ、周りの国と比べてみりゃ、ご当地の神話的存在が二級品だって気づく。アストゥリアスと並べればサラルエーはたちまち文学よりも陳腐な秘教にご執心の田舎者、長大かつ普遍的な作品を書くより村の呪《まじな》い師になろうと躍起の御仁だ。ルベン・ダリーオと並べればロケ・ダルトンは自分の同志に暗殺されたのが最大の取り柄の狂信的共産主義者同然、いくつか格調高い詩も書きはしたがイデオロギーに凝り固まって身の毛もよだつような恥ずべき共産主義シンパの詩をいくつも作り上げた狂信的共産主義者、カストロ体制に熱烈に入れあげながら人生と作品を萎れさせていった共産主義の狂信者にして十字軍戦士、理想社会はカストロ独裁という詩人、この地にカストロ体制を打ち立てんとする闘争の最中それまでカストロ派だった自分の同志に暗殺されたボケナス、とベガは私に言った。寂しい話だ、モヤ、まさに悲劇、ここの国民の生活にはびこる非常識がその最良の精神の中にまでイデオロギーへの狂信を吹き込んだ、イデオロギーへの狂信は非常識のうちに生きる国民特有のものと証明する有力な証拠だ。お前が同意しないのはわかってる、モヤ、だが議論したって無駄だ、文学的に存在しない国の文学について議論したって何の意味もない、誰の興味も惹かないものについて議論したって微塵の意味もない、とベガは私に言った。もうすぐ夜だ、モヤ、今に姿を現して俺たちの生活をぶち壊すあの浅ましい蚊どもがいなけりゃ最高の時間なんだが、あの浅ましい蚊どものせいでこの国に来てからというもの落ち着いたためしがない、あの浅ましい蚊の一団が現れて俺の目を覚まし神経を引き攣らせない夜はなかった、あの浅ましい蚊どもの絶望的な羽音で真夜中に目を覚まされるほど俺の神経を引き攣らせることはなかったよ、俺がこの国に戻ってからというもの毎晩毎晩、悪夢へと変える陰険かつ絶望的な羽音だ、モヤ、目を覚まして弟の家の部屋の明かりを点け、陰険かつ絶望的な羽音でかつて経験したことのないほど俺の神経を引き攣らせてくれるあの浅ましい蚊どもから身を護らずに済む夜はなかったよ、とベガは私に言った。ホテルの部屋にも弟の家みたいに蚊の一団がやって来て俺の眠りをぶち壊すんじゃないか、俺の神経を引き攣らせるんじゃないか、明かりを点けて警戒態勢に入り、羽音を感知しては、俺の生活を滅茶苦茶にしやがるあの浅ましい蚊どもを叩《はた》き潰す、そんな羽目になるんじゃないかと凄まじく気がかりで仕方ない。ただ弟の家で蚊が入ってくるのは確実に、午後六時になったら俺の部屋のドアと窓を閉めるよう言いつけてあるのを女中が守らなかったせいだ、何でも破壊するアホ女中め、あの言いつけも他のあらゆる言いつけも、俺が命じたものは一切守りやしなかった。手にした物は服だろうと品物だろうと何でも破壊しかねない乳デカの腹デカの尻デカ、俺のシャツのほとんどのボタンを駄目にしやがったアホの破壊マシーン、俺が一番気に入ってる服にことごとく染みをつけやがった、俺のズボンへのアイロンのかけ方ときたら、赤面せずには履けない始末だ。全く不愉快な人間だ、モヤ、弟のところのあのアホ女中、ティナって呼ばれてる、制服を着てても毛穴じゅうから垢を噴出させる女、俺が否応なく四六時中貴重品を持ち歩く羽目になった元凶のあの臭いコソ泥女、店に使いにやるといつも釣りの一部をちょろまかす奇形のゴミ溜め女、両脚は蚊に刺されて腫れ上がり、顔は脂分ばかりたらふく詰め込むせいで吹き出物で膨れ上がった腹デカ女、四六時中トルティーヤを噛み砕いてやがる、口先にトルティーヤがなけりゃ生きていけない女、まさにアホ、ある種の動物、匹敵するのは弟の女房ぐらいのもんだ、奇形と化け物の身の毛もよだつカップルだよ、とベガは私に言った。だが一番驚いたのは、モヤ、開いた口が塞がらなかったのは、あの腹デカのアホが「いい脚してる」とかなんとか抜かした弟のコメントだ、そう言ったんだ、ほとんど興奮してね、毛穴から垢の噴出する吹き出物だらけのゴミ溜めみたいな両脚が「いい脚」だとよ、想像できるか？　吹き出物と垢で変形した脚が弟には「いい脚」なんだとよ。ゲロが出るよ、モヤ、この愚鈍な種族、こうも卑しい趣味しやがって、一体何でできてやがるんだと問いたくなるよ。俺は一片の疑いなしに、この二週間で体験したことは一言で集約できると思ってる。趣味の低俗化だ。俺の知る限り、モヤ、よく聞けよ、あと俺の専門は文化研究だと肝に銘じるんだ、俺の知る限り、このレベルまで趣味の低俗化した文化はここ以外にない、俺の知る限り趣味の低俗化を一つの価値に仕立て上げた文化を俺は他に知らない、現代史において趣味の低俗化を最大にして最も尊い価値へと変えた文化を俺は他に知らない、とベガは私に言った。この国に来るのに飛行機に乗ったその瞬間からわかる。神経の昂ぶってる人間にはお勧めしない旅、まさしく神経を昂ぶらせるために設計された旅、ほとんど俺を制御不能な神経の危機の極みへと追い込んだ旅だ。あんな経験は今までなかったよ、モヤ。飛行機はニューヨークから乗った、モントリオールから慌ただしくやって来た後だったんだが、ワシントンでの乗り継ぎで飛行機が犯罪者の面をしたカウボーイハット姿の野蛮人で溢れかえることになろうとは思いもよらなかった、幸いにも税関で山刀と短刀を取り上げられた犯罪者面のカウボーイハット男ども、税関で武装解除されなきゃ機内で山刀片手に大虐殺をやらかしてた野蛮人どもだ。あれがどんな旅だったかわかりやしないだろ、モヤ。割り当てられた席がカウボーイハット男とエプロン姿のデブ女の間だったんだ、とベガは私に言った、鼻クソをほじり出しては所構わずなすり付けるカウボーイハット男に、滝のように汗をかき、エプロンか首に巻いたタオルで汗を拭くデブ女。離陸中はずっとお互いよそよそしかった、カウボーイハット男は鼻クソにご執心、デブ女はタオルを絞ってた。俺がフライト中唯一静かに過ごせた時間、平和と安穏に満ちた唯一の数分間だった、モヤ、なにせいざ空に飛び立って巡航高度に乗り、スチュワーデスが最初の酒を配り出すと、同席の二人がほぼ同時に俺に話しかけてきた、大声で、最初は俺相手、やがて奴ら同士、またすぐに俺相手、ほとんど俺を唾まみれにして、俺の肘に肘突き、ここ数年のワシントン暮らしをめぐるまるで二声のヒステリックな告白話、何人かのワシントンのエルサルバドル系移民が巻き込まれた波乱万丈の運命、鼻クソをほじり出してやまないカウボーイハット男と垢まみれのタオルに負けず劣らず垢まみれの汗が染み込んだのを時々俺にこすり付けるデブ女の武勇伝をめぐる、ヒステリックな告白話だ。酷いもんだ、モヤ、なにせ連中は話すにつれて、興奮が増すにつれて、その腐臭をいよいよ強烈に撒き散らすんだ、その間にも俺がさっぱり聞きたいとも思わない波乱だの武勇伝だのを延々と話し聞かせてくる、とベガは私に言った。サンサルバドルに着いて俺を待ち受けていた事態の不吉なプロローグ、身の毛のよだつこの渡航の最中、カウボーイハット男は大声で、自分はポロロスという小さな村の出でワシントンでは庭師の仕事をしている、エルサルバドルには三年帰ってないとがなり立て、対してデブ女は自分はオシカラの出身、ワシントンで家政婦の仕事をしていてエルサルバドルには五年戻ってないと返した。最悪だったのは最初の一杯を配られたときだ、モヤ、ああも簡単に自制を失う人間はお目にかかったことがない、一杯飲んだあとああも電光石火で狂える人間にはお目にかかったことがない。客室の床に唾を吐きはじめ、相変わらず延々とがなり立て、唾を吐いてはその大声に卑猥極まりないジェスチャー、卑猥極まりない笑い声をかぶせながらも、カウボーイハット男は今や厚かましく窓にまで鼻クソをなすり付け、デブ女は強盗の武器よろしくタオルを振り回す。ある瞬間もう神経が破裂しそうだと思って、とベガは私に言った、便所に行こうと立ち上がった。すると、俺のいた席の並びで起きてるのと同じようなシーンが客室の大部分で展開されてるのに気づいた。酷いもんだよ、モヤ、恐ろしい経験、人生最悪の旅だ、どこぞの精神病院から脱走したばかりのカウボーイハット男ではち切れそうなあの客室に七時間、もうすぐこの腐れた地に戻れるというので涎を垂らしながら訳のわからないことを泣き叫ぶ連中に囲まれての七時間、アルコールといよいよ迫り来る祖国とやらへの帰還のせいでとち狂った連中に囲まれた七時間だ。誓うけどな、モヤ、どんな映画でもあんなシーンにはお目にかかったことがない、どんな小説でも、何杯か飲んだのと生まれた場所に近づいてるのとで高揚したあの癲狂患者どもに囲まれたあの旅みたいなのは読んだことがない、とベガは私に言った。まさに背筋が凍るよ、便所に避難するときだけはこの一大スペクタクルを逃れられた、だがやがて便所は痰やらゲロの残り滓やら小便やらその他の排泄物で吐き気のするような一室に成り代わった。やがて便所はあの連中が洗面所で小便をするせいで息もできない空間に成り代わったんだ、モヤ、絶対にあの犯罪者の目つきをしたカウボーイハット野郎どもは、この腐れた地への差し迫る到着にとち狂って、洗面所で小便をしていたんだ、奴らが洗面所で小便をしていたのでなけりゃ、俺の便所への避難を不可能にしたあの臭気の説明がつかない。だがそれで終わりじゃなかった。さらに耐えなければならなかったのは、タオルを首に巻きつけてだらしなくエプロンを締めたあの汗かきのデブ女が立ち上がり、床に唾を吐いて叫び声を上げはじめたときだ。俺に酒が跳ねかかるほどの勢いでグラスを揺らし、〈ムニェコ〉とかいう酷いラム酒の方がこのウィスキーの一〇倍マシだと大声でのたまった、あの酷い〈ムニェコ〉とかいう、むしろ足の水虫退治向きのラム酒でも、自分の飲んでるオカマみたいなウィスキーよりずっとマシだとさ、でこのオカマウィスキーを注ぎに来てくれないっていうんでスチュワーデスたちを罵ってた。その直後、ますます大量に汗をかき今や威嚇するようにびしょびしょのタオルを振り回していたデブ女が、いかにもこれからゲロを吐きそうなそぶりを見せた、とベガは私に言った。俺は半狂乱で飛び出した。便所の入り口のすぐそばのパーサー室に避難し、神経を苛立たせながら、母親が前日に死んだせいで自分が何よりも嫌っている国に戻らねばならない、飛行中の機内の洗面所で慣れたように小便をする犯罪者の目つきで涎を垂らした連中と、飛行中の機内の同席の人間の上にゲロを吐くどんな些細な誘因も見逃さない気の触れた汗かきデブ女どもの住む国に戻らねばならない、その事実に悪態をついた。思い浮かぶだろ、モヤ、飛行機から出たとき俺はすっかり狂乱状態だった、あれは俺にとっての地獄の一季節だった、空港の通路に出るという考えだけが最後の数時間俺の最大の願いになった、コマラパ飛行場への到着は俺の救済、ある種の正常な状態に戻れる可能性、生きるってのはこんなものじゃないと確証できる可能性だった、窓に鼻クソをなすり付けたり汗でびっしょりのタオルで人をどつき回そうとする惨憺たる連中と一緒に飛行機の客室に閉じ込められるこの七時間とは全く違うものだとね、とベガは私に言った。だがなんとまあ、モヤ、イミグレに着いてみると周りは俺と同じ便に乗ってきたのとよく似た何百人もの連中だ、俺と同じ便に乗ってきたのと瓜二つのカッカした群衆、ロサンゼルスやらサンフランシスコやらヒューストンやら他の何やかやの街からやって来た何百人ものカウボーイハット男にエプロン姿のデブ女、巨大な人混みがイミグレに渦巻いてげんなりするようなカオスになってた。今にも発作で跪くんじゃないかと怖くなって、とベガは私に言った、それで俺はあの大海原から出ようと試みた、あの凶暴な群衆の間を通り抜けようとありったけの力を尽くした、全エネルギーを集中させてあの息の詰まるような群衆の間を通り抜け、どこか避難できそうな、力を回復できそうな便所にたどり着こうと試みた、で俺は個室に三〇分立てこもった、不安症の発作のせいで、崩壊寸前、汗びっしょりで震えながら、もう後戻りできない、もう自分は二度と足を踏み入れるまいと誓ったこの地に来ているのだと心に唱えた。いまだに思い出しただけで悪寒がするよ、モヤ。疲労困憊で個室を離れ、洗面所で顔を洗い、鏡の前で遮二無二顔をこすり、そこまで大袈裟に酷いことはないだろうと自分を説き伏せ、ただ母親の葬儀への参列と遺産の取り分の権利を得るための手続きをしに来ただけだ、自分はカナダ市民なのだから恐れるものは何もない、パスポートは俺の最良の身分保証としてジャケットのポケットに入ってる、そう何度も言い聞かせた。あの大群はもうイミグレから去っただろうと俺は踏んだ、とベガは私に言った、だから残った力を最後に振り絞って入国審査官と対峙した、チビで色黒、タラコ唇の女で、俺の顔を見もせずパスポートを受け取り、コンピューターと睨めっこしてからスタンプを押し、「お通りください」と言った。だが俺はあのカウボーイハット男とデブ女の大群からそう易々と解放されない定めにあった。税関に向かうエスカレーターを降りて行くとそれが確証できた。恐ろしいぜ、モヤ、そこにはイミグレで出くわしたのと同じ地獄絵図があった、だがもっと酷かった、何百人もの奴らが壁と、荷物の載ったベルトコンベアーの間で渦巻いてた、世にも珍奇な品々の詰まったどでかいスーツケースを分捕ろうと肘打ちをかまし唾を吐く何百人もの頭に血の上った連中、何百人もの気の触れた連中が息詰まるカオスな市場と見紛うばかりに次々とスーツケースを積み重ねてた。どうにかして俺は自分のスーツケースを回収できたよ、モヤ、だが何の役にも立たなかった、なにせ何ダースもスーツケースを携えたあの連中が一人ひとり税関職員の綿密な検査をパスするまで何時間も待たなきゃならなかったんだ、一つ一つのスーツケースを検査するのにあの手この手で可能な限り時間を引き延ばすヒゲにメガネの極悪人、あの連中全員が逆上するまで頭に血を昇らせる使命を帯びた極悪人、ここ何年も劣悪かつ屈辱的な仕事をこなして貯めた金であの大量のがらくたを買い込み、今ガラスのドアの向こうで涎を垂らして物欲しげに待ち構える親類にプレゼントしようとしてる、だから世にも珍奇ながらくたの詰まった自分のスーツケースができるだけ早く検査をパスするよう気を揉む何百人もの奴らが気分を害するのを明らかに楽しんでる極悪人だ、とベガは私に言った。で、ようやく表に通じるガラスのドアを出るとのしかかってきたのがまた別の粘っこい大群、むかつくような匂いを発散させ、あの珍奇ながらくたの詰まったスーツケースを分捕ろうとひたすら物欲しげに顔を輝かせる奴ばかりの、背筋が寒くなるような群衆だ。熱帯ってのはぞっとするな、モヤ、熱帯ってのは人間を原始的本能だけの腐り果てた存在に変えちまう、ちょうどタクシーを探そうと空港のターミナルを出るのに押し合いへし合いする羽目になった奴らみたいに。コマラパ飛行場を出るときほど忌まわしい印象を残すものはない、コマラパ空港のエアターミナルを出るときほど熱帯というものをあれほど激しく憎んだことはない。問題は群衆だけじゃない、モヤ、空港内部のまあ耐えられる空調からあの南国の海岸の焼けつく凶暴な地獄、俺をあっという間に汗だくの動物へと追いやった一陣の熱風の地獄へと繰り出すことから生まれるショックだ。世にも珍奇ながらくたの詰まったスーツケースを前に強欲から涎を垂らす有象無象を掻き分けなんとか通り抜けると、猛禽類の鳥さながら引っ張り合いに体当たりで俺をめぐって争うタクシー運転手、俺のスーツケースを奪い取ろうとする全員空色のグアジャベラにサングラスをかけたタクシー運転手の群れに襲われたんだ、とベガは私に言った。あそこまでタレコミ屋でございと顔に書かれた人物にはお目にかかったことがなかったよ、モヤ、あのタクシー運転手たちほどタレコミ屋風の凶悪な顔は見たことがなかった。だが他に道がなかった。あまりに急の旅行で、弟に到着便について電話で知らせてすらいなかったんだ。葬儀場まで行ってくれ、急ぎだ、母親が前日に死んで、埋葬するのにみんなが俺を待ち受けてるんだとタクシー運転手に告げた。そしてコマラパ空港とサンサルバドルを隔てるあの四〇キロの中、窓から轟々と吹き込む風のおかげでやや持ち直し一息つくことのできたあの旅路の間、俺の中で、この二週間で完璧に証明しえたある定義がひらめいた。エルサルバドル人とは俺たち全員が内に抱えるこの〈ポリ泥〉だ、とね。あのタクシー運転手が何よりの証拠だ。ありったけの情報を聞き出そうと、俺を襲う価値があるか見積もってるんじゃないかと恐ろしくなるような邪推満載の質問を浴びせてきた、とベガは私に言った。どんなわずかなチャンスでもそのコソ泥の天性を見せつけるポリ公、全くもってポリ公稼業のコソ泥だ、警察稼業のコソ泥を指すのに、この場合は俺を質問責めにしてそのコソ泥の天性を発揮すべき格好の被害者かを探る詮索好きのタクシー運転手だが、それに〈ポリ泥〉なんて言葉を使うのは、この国だけだ。タクシー運転手はみんなポリ泥だ、モヤ、特にあの時俺をサンサルバドルまで送り届けるかたわら俺の生活について質問責めにしてきたあいつはね。街の入り口、タクシー運転手の話では昔は料金所があった所に、今では〈和平記念碑〉が建ってる、足に脳味噌のついてるような奴にしか思いつかないようなナンセンス、ここの人間の絶対的な想像力の欠如を示すナンセンスな和平記念碑、趣味の徹底的な低俗化の揺るがぬ証拠、とベガは私に言った。だがその先にあったのはさらに酷いぞ、モヤ、今まで見た中で一等背筋が寒くなる代物だ、あの〈遠方の兄弟への記念碑〉とかいうのは正味の話特大の小便器みたいじゃないか、巨大なタイルの壁をしたあの記念碑が思い起こさせるのは小便器以外にない、誓うよ、モヤ、なにせあれを初めて見たとき俺が感じたのはただただ尿意だけだったんだ、あの場所を通るたびにあの遠方の兄弟への記念碑とやらはひたすら俺の腎臓を刺激するだけだ。あれこそ趣味の低俗化の最高傑作だ。世にも珍奇ながらくたを詰め込んだスーツケースを抱えアメリカからやってくるカウボーイハット男とデブ女どもへの感謝を込めて建設された特大の小便器、とベガは私に言った。クルクルパーの群れだからこそああも強迫観念に囚われてあんな背筋の寒くなるような記念碑を建設しようなんて気になれる、政治家になったクルクルパーの群れだからこそ国の金を注ぎ込んでこの国に君臨する趣味の低俗化を恥もなく表現するあんな代物を建設しようとする、国家の用益権を握ったクルクルパーの群れだからこそこんな風に〈記念碑〉とやらを通じて趣味の低俗化を助長する。全くもって、趣味の低俗化への記念碑だ、この種族の想像力の欠如および徹底的な趣味の低俗化への記念碑にほかならない、とベガは私に言った。それに祖国の偉人達とやらのあのバカでかい奇形の頭は何だ、昔は南高速道路の名前で知られてた道路に沿って転々と設置されたあの大理石のバカでかい奇形の頭、祖国の偉人達とやらの顔を模したと思しきあの大理石の邪魔臭い醜怪なデカブツ、巷じゃ〈原始家族フリントストーン〉の名で知られるあのいくつもの醜怪な奇形頭。おつむが野人でもなけりゃあんな邪魔臭いデカブツを作ろうなんて発想はしない、マンガの野人みたいなおつむでなけりゃ、あのバカでかいだけのガラクタが彫刻で公けに展示されるべきだなんて発想はしない、余所なら考えるだに震え上がるようなものがここじゃ堂々と展示されてる。信じがたいよ、モヤ。あれが〈原始家族フリントストーン〉なんて呼ばれてるのは、あの祖国の偉人達とやらもおそらくはただの野人、ちょうど今現在国の金を無駄遣いして趣味の完全な低俗化を露わにするだけの記念碑やら彫刻やらを作らせてるクルクルパーみたいな奴でしかなかったからだろう、とベガは私に言った、あの祖国の偉人達とやらはこの種族を苛《さいな》む生来の愚劣さの大元となる野人連中だったに違いない、あの祖国の偉人達とやらが野人連中だったのでもなけりゃこの国全体に蔓延する阿呆病の説明がつかない。最後のウィスキーを奢るよ、モヤ、とベガは私に勧めた、お前が出がけの一杯を飲む間に俺は最後のミネラルウォーターを飲んで、トリンにチャイコフスキーのピアノ協奏曲変ロ短調のCDを返してもらうとしよう、もう人が着きだしたからな、きっと〈アートショー〉とやらを観に席の予約に来た客だ。七時にはホテルに戻って、つましい夕食をとって、部屋にこもって楽しみたいんでね、とベガは私に言った。ベッドに寝転がるほど心地よいものはない、静かに読書をして、周りには一台のテレビもなく、弟の女房とその有害小僧どもの気の萎えるような大声もなし。閉じこもって本を読み、瞑想にふけり、休息するほど元気の出るものはない。夜ヤりに行くぞなんて弟に誘われずに済むと考えただけでも励まされるよ、モヤ、夜ヤりに行くと弟に誘われるか、はたまたフルボリュームでそれぞれ違うチャンネルを流す三台のテレビに囲まれた部屋で夜を過ごすことになるか選ばないといけない事態ほど酷いものはない。一度だけ弟の夜ヤりに行く誘いに乗った、とベガは私に言った、一回こっきり、二度目はないその夜だけでもう、弟が幾度も持ちかける夜ヤりに行く誘いなど金輪際受けるものかと思い至るには十分だった。弟の最大の楽しみは夜ヤりに行くことなんだ、奴とその友人連中の最大の楽しみは、酒場にどっかりと腰を落ち着けてすっかりパーになるまであの下剤ビールをしこたま飲み、それからディスコに入ってサルみたいに飛び跳ね、最後、みすぼらしい売春宿にしけ込むことだ。これが夜ヤりに行く三つのステップ、奴らの生命を維持する儀式、最高の娯楽だ。ビールを飲んで馬鹿になり、ディスコのむせ返るような空気と野蛮な騒音の中を汗だくで飛び跳ね、みすぼらしい売春宿で情欲に涎を垂らす、とベガは私に言った。ある晩弟に連れられて体験した、夜ヤりに行くための三つの厳格なステップ。三台のテレビの騒音と弟の女房のおしゃべりと有害馬鹿小僧二人組の大声で気分がおかしくなってたのでなけりゃ、弟からの誘いが低俗で阿呆でなかった試しがないと知りながらも、夜ヤりに行くなんて弟の誘いに乗ったことの説明がつかない。あの夜ヤりに行く誘いに乗ったことを俺は生涯後悔するだろうよ、モヤ、俺は想像しうる限り最悪の不安症に襲われた、実質上全ての感情資本を使い果たしちまった、とベガは私に言った。行ったのは俺の弟と、フアンチョとかいう奴の友人、それに俺。まずは〈鉄条網〉とかいう酒場に入った、身の毛もよだつ場所、全身の毛が逆立つよ、特大のスクリーンが四隅に聳えるオンボロ小屋、まさに異常な光景だ、できることといったらただ下剤ビールを飲むだけ、周りを囲むスクリーンではそれぞれ別の歌手、揃いも揃って忌々しいのが馬鹿の一つ覚えみたいな喧《かまびす》しい音楽を奏でる、そんな場所だ。で弟の友人はといえばだ、モヤ、あのファンチョとかいう奴、ひっきりなしに喋る黒んぼ、世界中のアルコールを飲み干し見かけた女とは全員寝たと豪語する金物屋を営む黒んぼだ、とベガは私に言った。考えうる限り最もオーバーかつ虚言癖の黒んぼだ、モヤ、自分の身の上と自分の武勇伝ばかり話す機械、次から次へとビールを呷《あお》ってはその妄想じみた性の武勲を物語るお喋り人形だ。あれには俺も心構えができてなかった。ミネラルウォーターのグラスを片手に身じろぎもせず、片方の耳で黒んぼの饒舌を、もう片方の耳ではスクリーンの中を髪を振り乱しのたうち回る女の金切り声を聞く羽目になった。だが黒んぼは怒号を響かせ威張り散らし、ビールを呷れば呷るほどその酒と情事の話はますます卑猥なものになっていった。心底ムカムカする黒んぼだよ、モヤ。おまけにあんな物覚えの悪いのはそういるもんじゃない。幾度となく俺に、ビールを飲まなきゃダメだ、ミネラルウォーターだけで過ごすなんてありえない、なんて言い張った。俺はビールは飲まない、そっちが飲んでいるその吐き気のする下剤ビールのピルスナーならなおさらだ、神経性大腸炎のせいで二杯しか飲めない、それもできればウィスキー、だがこの〈鉄条網〉とかいう酒場じゃこの吐き気のする下剤ビール以外の酒は売ってないんだ、と奴に何度説明したかわからない。あの黒んぼ、自分の飲んでる汚物を飲みたがらない人間がいるなんて考えはその脳味噌ピーナッツ頭の中に浮かばないんだ、とベガは私に言った。ムカムカするよ、モヤ、あの野郎はサンサルバドルのあらゆる売春宿のあらゆる売春婦との妄想じみた情事の話を次から次へと聞かせてきた。だが本当に心配だったのは隣のテーブル席にいた四人組の連中、人生で目にした中でも一等凶悪な連中だ、モヤ、犯罪と拷問が面《つら》に刻み込まれた四人のサイコパスが隣のテーブル席で酒を飲んでたんだ、まさに要注意人物、たとえ一秒間でも振り返って奴らの姿を見たら凄まじいリスクをしょい込むことになる、そのぐらい残忍ぶりを漂わせてた、とベガは私に言った。俺は黒んぼに、声を落とせ、そこの隣の方々がもう密かに顔を引き攣らせて見てるぞと忠告した。俺は悲劇になりやしないかびくびくしてた、モヤ、あのサイコパスどもは明らかに破片手榴弾を持ってて、俺たちみたいな三人組のいるテーブルの下に放り込みたくてうずうずしてたんだからな、絶対あの犯罪者どもはあの瞬間、いつでも俺たちのテーブルの下に放り込める破片手榴弾を撫でていたはずだ、なにせああいう元兵隊やら元ゲリラにとって破片手榴弾ってのはお気に入りのオモチャになっちまったんだから、あの手のいわゆる〈復員者〉の一人が気に食わない人間の一団めがけて破片手榴弾を投げ込まない日は一日としてないんだ、マジであの元兵隊と元ゲリラの犯罪者どもは破片手榴弾を持ち歩いてて、大声で自分の前代未聞の情事を話してやまないあの黒んぼみたいな人間に向かって投げるどんなわずかなチャンスも待ち受けてるんだ、とベガは私に言った。俺は幾度となく声を落とせと忠告したよ、ベガ、だがあの黒んぼがようやくおとなしくなったのは振り返って今にも破片手榴弾を投げてきそうなあのサイコパスどもの姿を見てからだ、ちょうど奴らが日頃酒場やダンスホールやほかならぬ表通りでやってるみたいにな、手榴弾の破裂で意見の相違に決着をつけるんだ、いわゆる復員者どもが、あの黒んぼみたいなとんまに向かってゲラゲラ笑いながら手榴弾を投げつけて赤ん坊みたいに楽しんでるんだよ、とベガは私に言った。幸いほどなくして俺たちは酒場から〈ロココ〉とかいうディスコに場所を移した。弟とその友人連中が夜ヤりに行くと命名した営みの第二段階だ。暗い大部屋で、照明が突然天井から射してくる、空気が薄くて風通しも悪い、地獄のような騒音の響き渡る大部屋で、真ん中にお立ち台があってその周りをほとんど床に埋め込まれたようなテーブルと座席が囲んでた。愕然とするような場所、タガの外れた人間ご用達、暗闇とムッとした空気が好きな聾《つんぼ》ご用達の場所。瞬く間に俺は汗をかきはじめ、こめかみが脈打つのが感じられてきて、まるで血圧が制御も効かずに上昇して頭が破裂する寸前みたいだった、とベガは私に言った。そしてあの絶望的な轟音の只中、チャージ料に含まれてるドリンクを三人で注文しに行ったのち、全員でテーブルを探す最中に俺は、あの黒んぼは片時も話を止めていないこと、奴の声はあの大部屋を破壊せんばかりに鳴り渡る喧しい騒音を上回るべく決然と戦っていることに気づいた。俺はひと息にウィスキーを飲み干し、これでこめかみが脈打つのも治まるだろうと期待をかけた、ところがただらさに大量に汗をかき、閉所恐怖症の感覚が増すだけだった。あの手の息の詰まる喧しくて暗い閉め切った場所に俺は耐えられないんだ、モヤ、しかも常軌を逸した自分の情事話を怒鳴り散らすように延々と繰り返す黒んぼが横にいるならなおさらだ、とベガは私に言った。俺の神経の持久力も切れてきた。一〇じゃきかないほどのカップルがお立ち台で飛び跳ねてた。風変わりな照明と天井から射す目の眩むようなフラッシュが打ち付けるせいで、そいつらのシルエットはほとんど見分けられなかった。弟が、ディスコはかなりガラガラだ、いい夜じゃないな、フリーの娘《こ》があまりいないと述べた。黒んぼは早口で、あの場所で可愛い娘《こ》たちをお持ち帰りしたときのこと、ディスコで踊ったあとモーテルに向かってその途方も無い娘《こ》たちとセックスしたときのことを逐一聞かせてきた。マジな話、このディスコに来ればいつも女の子をお持ち帰りできるんだ、なんて黒んぼの奴はがなり立ててた、とベガは私に言った。俺は眩暈がしてきたよ、モヤ、まるで空気が足りなくなったみたいだった、でそう弟に伝えたんだ、ちょっと気分が悪い、この場所にいても全く気分が晴れない、もっと不安にならない場所に行こうと。俺は弟に聞こえるよう怒鳴り声で話さないといけなかった、あの耳をつんざく騒音の反響と黒んぼの怒号の中で声が聞こえるようにするので舌がもげそうだった。弟は、もうちょっと我慢してくれ、もっと女の子が来るかもしれない、こんな早くにディスコを引き揚げたらもったいないなんて言った、だが俺はどんどんしびれを切らしてた、こんな一切合切が頭の中でぐるぐる巡った挙句に崩壊しちまうんじゃないかと恐れた、だから奴に向かって、心配するな、自分はタクシーで帰る、黒んぼとお前は何時でもいたいだけいればいいと告げた。すると弟は、そんな風に見捨てるもんじゃないなんて抜かしやがった、そう言ったんだ、モヤ、「見捨てる」だとよ、一人で帰ったりしたら女房の奴が最悪の事態を勘繰りかねない、あと五分だけ待ってくれ、ちょっと車で休んだらいい、それからもっと閉め切ってない場所に移ろうってな。で俺はそうした、とベガは私に言った。だが弟に車の鍵を渡されたとき俺は、五分待つ、一秒の猶予もなしだ、俺の模範的に几帳面な時間感覚を忘れるな、きっかり五分で来なかったらディスコのドアマンに鍵を預けてタクシーでおさらばだと釘を刺した。俺は時間にだらしない人間が嫌いなんだ、モヤ、時間にだらしないほど酷いものはない、時間にだらしない人間と付き合わなければならないのはどんな形でも耐えがたい、時間にだらしない人間と付き合うほど有害でイラつくこともない。お前が約束どおり午後五時ちょうどに来てなかったら、絶対待ったりなんてしなかったよ、モヤ、俺はこの場所に五時から七時まで居座ってウィスキーを二杯飲むのがたまらなく好きだし、この心休まる時間を投げ打つ羽目になったとしても、お前を待ったりなんてしなかった、お前が遅れたという事実だけでもう、俺たちが建設的な会話をできる可能性は完全に絶たれただろう、お前が遅れてたら俺のお前への印象は完全にねじ曲がり、お前は俺の中で時間にだらしない人間リスト入りしてたはずだ、とベガは私に言った。ディスコを出て外気の中を駐車場まで歩くと、俺は気分が回復した、とはいえ呆然自失の気分が消え去るにはまだ少々かかかった。車に乗り込み、助手席に収まると、鍵を投げ出し背もたれを倒した。ディスコは繁華街、エスカロン通りのほぼ突き当たりにあった。まずいことに、二分が過ぎて駐車場の静寂とそこから一望できる街の眺めのおかげでだんだんとリラックスしてきたとき、俺は突如不安の発作に囚われた、まるで今まさに襲われようとしている感じだった、震え上がるような発作に俺は飛び起き、襲撃の用意を整えているゴロツキどもを探して首を回した、とベガは私に言った、危機がわずか数歩の所に迫っているかのような、震え上がるような不安の発作、まるで危機がずっと待ち伏せていて、弟の車、弟が自分以上に手入れしてるあの最新モデルのトヨタ・カローラを奪いたいがためだけに俺を弾丸で穴だらけにしようとする、そんなゴロツキどもへと今にも姿を変えるんじゃないかと思えた。突発的なパニックだ、モヤ、体が動かなくなるような、完全なパニック、なにせこの国のゴロツキは何の理由もなく、ただただ犯罪の快楽のために人を殺すんだ、こっちが抵抗してなくても殺す、言われたものを全て差し出してもだ、殺す快楽以外の目的なしに毎日のように殺すんだ、とベガは私に言った。トラバニーノ夫人事件を見てみろよ、あらゆるニュース番組でひっきりなしに報じてるやつだ。凄まじいよ、モヤ。自宅の車庫に車を止めている最中にゴロツキに襲われて、居間に入らされたあげく二人の小さな娘の前で射殺された。凄まじいよ、モヤ、ゴロツキ野郎はただ快楽のために娘の前で殺したんだ、何も盗らないゴロツキ、ただ殺したいだけ。酷い事件だよ、モヤ。俺は知ったところで大して気にも留めなかったろうが、弟の女房は三日間トラバニーノ夫人事件の話で持ちきりだ、三日間トラバニーノ夫人殺害の同じ話をべらべらとまくし立てては俺の食事時間をぶち壊し、三日間憤慨混じりに犯罪の動機について仮説を巡らせながらも弟の女房の身に実際起こるのは自分の病的興奮が刺激されるだけ、なにせトラバニーノ夫人は弟の女房が大喜びで嗅ぎ回る新聞の社交欄に出てくる社交界の人士の一人なんだ、病的興奮の刺激こそ、弟が結婚したあの妖怪がとめどなくトラバニーノ夫人殺害の話ばかりして、この国を壊滅させる過激犯罪の話でとめどなく俺をパラノイアに追い込んだ真の理由なんだ、とベガは私に言った。だから弟の車の中で過ごしたあの五分間は永遠にも感じられたんだ、モヤ、そしてパニックに囚われた最後の三分間はひたすら恐ろしかった、身の磨り減るような経験だ、そんなもの誰にも経験してほしくない、トヨタ・カローラの車内に閉じこもったまま自分を殺して車を盗もうとするゴロツキ集団を待ち受けるなんてのはさ、なにせ奴らは殺さずには盗めないんだ、きっと殺しこそが奴らにとって真の快楽で盗みはそれほどじゃない、トラバニーノ夫人事件でも証明済みだ、とベガは私に言った。俺は急いで車を飛び出す寸前だった、そのぐらいパニックだった、そうしてディスコの入口の扉のところで身の安全を護ろうと思った、だが車を出たら蜂の巣にされる危険がさらに増すとすぐに悟った、だから俺はそこに留まり、震えながら、恐ろしく脈拍を高まらせ、座席にうずくまり、寝たふりをして、一秒一秒を数え、俺がこんな窮地に陥っている元凶たる弟と黒んぼの友人を心から憎んだ、とベガは私に言った。この国の人間は怯えながら暮らすのがなんとも好きだなあ、モヤ、恐怖の下で暮らすとはなんと病的な趣味、戦争の恐怖から犯罪の恐怖に鞍替えとはなんて倒錯的な趣味、ここの人間の病理学的悪癖、恐怖を平常運転に仕立て上げるという病的な悪癖だ。幸いすぐに弟と黒んぼが到着した。笑いながら車に乗り、誰だか知らない女の品評会だ、あげくによくもまあ俺を詰《なじ》りさえした、俺のせいでちょうどあのときディスコに入ってきた二人組の娘《こ》をお持ち帰りしそびれたってな。それから俺たちは、弟とその友人連中が夜ヤりに行くと呼ぶ営みの第三段階、ラ・ラビダ区、二〇年前は由緒ある中産階級の住宅街、今じゃちんけなバーと売春宿の並び立つ歓楽街と化した由緒ある地区へと繰り出した。弟と黒んぼは元気溌剌、陽気そのもの、腹はビールでたぷんたぷん、話は支離滅裂、二人同時に喋ってて互いを聞いてもいない、まるでお互い躍起になって相手に、それから俺に対し、自分の男らしさと大胆さに関わる何かを証明しようとしているみたいだった。だが俺は奴らにほとんど注意を払ってなかった、唯一気づいていたのは奴らが文という文の中に必ず〈うんこ《セローテ》〉なんて単語を挟んでたことだけだ。この国の人間ほど口に排泄物を詰め込んだ人間は見たことがないよ、モヤ、〈うんこ《セローテ》〉という単語が奴らの一番の口癖というのは伊達じゃない、口の中に〈うんこ《セローテ》〉以外の言葉がないんだ、奴らの語彙は〈うんこ《セローテ》〉という単語とその派生語に限られる。超セローテ、セロテる、セローテ沙汰。信じがたいよ、モヤ、傍目から見りゃわかる、一片の排泄物を指す単語、ひと息にひり出される一塊の人間の排泄物を意味する下品で吐き気のするような単語、人糞の同義語の中で最も卑しい単語こそが、弟とその友人の黒んぼの口の中に一等がっちりねじ込まれた単語なんだ、とベガは私に言った。特に嫌でたまらないのは、初めてとくと眺めるファンチョという名の黒んぼが俺を親しげに〈うんこ《セローテ》〉呼ばわりすることだ、特段猛烈に嫌なのは、知り合ったばかりの黒んぼの金物屋が事あるごとに俺に〈うんこ《セローテ》〉と言ってくること、まるで俺がひと息にひり出される一塊の人間の排泄物であるかのごとく俺を〈うんこ《セローテ》〉呼ばわりすることだ。酷いもんだ、モヤ、こんなことが起こるのはこの国ぐらいのもんだ、人間が自分のことをひと息に放り出される人間の排泄物の塊と任じるのはこの国ぐらいのもんだ、憑かれたように飲んだ下剤ビールでほろ酔い加減で、夜ヤりに行くと呼ぶ営みの第三段階を遂行すべく売春宿に向かう最中、ありったけの親しみを込めてずっと俺を〈うんこ《セローテ》〉呼ばわりしようなんて考えつくのは弟とその友人の金物屋の黒んぼぐらいのもんだ、とベガは私に言った。売春宿の名前は〈オフィス〉だ、モヤ、弟お気に入りの悪所、奴は低俗なお楽しみの時間でさえオフィスにいる気分でないと気が済まない証拠だ、まるで事務所にいる気分なら自分の汚らわしい行為からふしだらさ加減も抜けるだろうって具合だ。わかるかモヤ、〈オフィス〉なんて名前の売春宿に入ったとき俺が感じた嘔吐感が、ここまでの嘔吐感はかつてなかった、あんなとんでもない痙攣を起こさせてくれるのは唯一〈オフィス〉みたいな売春宿ぐらいのもんだ、人生で味わった中で一番忌々しい嘔吐感だ。売春宿に入ったことなんてここ二二年なかったよ、モヤ、俺たちの高校の最終学年のとき以来だ、覚えてるか？　ぞっとするよ。それだけの歳月が経ってからまた売春宿に入るなんて、俺の中の一等卑猥な思い出を掻き回すだけだ、葬り去ったと思ってた経験、長年経ってようやく立ち直った卑しい屈辱的な経験の記憶をな。性産業ってのはこの世に存在する限り最も吐き気がする代物だ、モヤ、肉体の商売ほど俺がムカムカするものはない、セックスみたいにそれ自体べとついた、悪人にお誂え向きの代物は、それを商売にすることで忌まわしいほどの奈落に達する、あっという間の速さで人の精神的能力を蝕《むしば》む営みだ。だが弟とその友人の黒んぼにとっちゃ、まさにその精神を蝕まれることこそ最高の喜びと娯楽の素なんだ、とベガは私に言った。マジな話〈オフィス〉の敷居を跨いだとき、俺は細心の注意を払って歩かなきゃならなかった、モヤ、床のタイルの上で固まったあの精液で足が滑らないよう気を配って。嘘じゃないぞ、モヤ、あの悪所は精液の悪臭がしてたんだ、あの悪所は至る所精液だらけだった。壁にへばり付き、家具に染みをつけ、床のタイルの上で固まってた。人生最大の破壊的な嘔吐感、最も凄まじく酷い嘔吐感を覚えたのがあそこだ、モヤ、〈オフィス〉、膿まみれの体で廊下やホールを行く脂ぎった女ども、実にバラエティ豊かな汗の滴の染み込んだ肉体をソファや肘掛け椅子から溢れさせる膿まみれの疲れ切った女どもに汚染された悪所、とベガは私に言った。そんなところに俺はいたんだ、モヤ。嘔吐感で眩暈のする中、椅子の端に腰掛け、吐き気に顔は引き攣り、ソファや壁の精液で汚れないよう、タイルの上で固まった精液で足が滑らないよう気を配ってたが、その間も弟とその友人の黒んぼは世にも恥知らずに、その頃にはもう嫌というほど精液と汗を流し込まれてた二人の脂ぎった女といちゃついてた。信じがたいよ、モヤ、弟と友人の金物屋の黒んぼは相変わらずご機嫌で、ビールをたらふく飲み、あの女どもの排泄物にまみれ、声を潜めて値下げ交渉しながら、一番いい値段でもって腐り果てたベッドに滑り込み、世にも淫らにギシギシやろうとしてた、とベガは私に言った。醜怪そのものだ、モヤ。あんな嘆かわしい女どもにはお目にかかったことがなかった、汚らわしさをその天然の生息環境としているような女ども、汚《けが》らわしさを最も望ましき内奥の悦びへと転化した連中の精液に汚れる脂ぎったデブ女ども。考えうる限り最も寂しい売春宿だ、モヤ、そこに立ち込めるのはただただ汚らわしさの感覚、高笑いもひそひそ声も、全てを覆い尽くし全てにのしかかる汚らわしさから逃れられはしないんだ、とベガは私に言った。いつしか俺は、モヤ、嘔吐感を抑えられなくなった、特にあの脂ぎった女の一人が俺と話そう、俺が奴の汚らわしさに金を出すよう説き伏せようと近寄ってきたときだ。俺はすぐさま立ち上がった、モヤ、それから便所を探しに行き、床のタイルの上で固まった精液に足を滑らせないよう細心の注意を払って歩いた。するとそこで最悪の事態になったんだ、モヤ。あそこの便所は人生で見た中で最も汚れ果てた便所だった、誓って言うが、あんな狭い空間にあんなに汚物が凝縮してるのはお目にかかったことがなかった、とベガは私に言った。どうにかハンカチを取り出して鼻を押さえることができた、だが手遅れだったよ、モヤ、精液と小便の溜りに嵌らないようエネルギーを集中していたせいで、俺は無防備にあの腐敗したガスの立ち込める小部屋に入り込んでしまい、どうにかハンカチを取り出したときはもう手遅れだったんだ。俺は吐いた、モヤ、人生最大の汚ならしいゲロ、思い描きうる限り最も汚らわしく吐き気のするようなゲロの吐き方だ、なにせ俺はゲロの上にゲロを吐く男だったんだ、なにせあの売春宿は精液と小便の飛び散る一つの巨大なゲロだったんだから。まさに筆舌に尽くしがたいよ、モヤ、いまだに思い出すだけで胃が捩《よじ》れる。俺はよろよろと便所を出ながら、ただちにこの悪所とおさらばだと固く心に決めた、弟とその連れの黒んぼが何を言い立てようと知ったことか、タクシーに乗って弟の家に向かうんだと断固決意した、とベガは私に言った。するとそこで起こったのはこの世の終わり、嘘のような事態、俺を錯乱のスパイラル、思い描きうる限り最大の不安症の極致へと巻き込んだ出来事だ。俺のパスポートが、モヤ、俺のカナダのパスポートが紛失しちまったんだ、どのポケットにも入ってなかった、人生で起こりうる最悪の事態だ、サンサルバドルの汚ならしい売春宿でカナダのパスポートを紛失だぞ。俺はすっかり恐怖に囚われたよ、モヤ、震え上がるような純然たる恐怖だ。俺は永遠にこの街に囚われたまま、モントリオールに帰れない気がした。この汚濁の中で植物よろしく生きる以外ない一エルサルバドル人に再び戻った気がした、とベガは私に言った。俺はシャツのポケットにカナダのパスポートをしまっておいた、絶対確実にそうだと思ってた、なのにそこになかった。どこかに放っぽり出しちまったんだ、モヤ、どこかで不意に体を動かした際にカナダのパスポートを落としちまったんだ、カナダのパスポートが放っぽり出た瞬間に気づかなかったんだ。酷い話だ、モヤ、禍々しい悪夢だ。俺は走ってさっきゲロを吐いたばかりの便所へ戻った、床のタイルの上で固まった精液の上で転んで這いつくばることになろうとも一切構わなかった、小便とゲロの溜りも、あのおどろおどろしい悪臭も一切どうでもよかった。だが俺のカナダのパスポートはそこになかったんだ、モヤ、とはいえ気づかぬ間に便器の中に落ちたなんてありえなかった。俺は排泄物まみれのトイレットペーパーの切れ端の間、小便とゲロの溜りの間を入念に探した、だが俺のカナダのパスポートはどこにもなかった。俺は完全に発狂して便所を出た。自分の災難を弟とその友人の黒んぼに話しに行った。一緒に手分けして俺のカナダのパスポートを探してくれと急き立てた。今すぐディスコの〈ロココ〉と酒場の〈鉄条網〉まで戻る必要がある、と。カナダのパスポートは俺の人生の中で一番価値のある持ち物だ、モヤ、俺のカナダのパスポートほど自分が取り憑かれたように大事に扱ってるものはない、俺の人生は自分がカナダ市民であるという事実あってこそ安らぐんだ、とベガは私に言った。だがあの金物屋の黒んぼは、そう急ぐんじゃない、多分パスポートは弟の家の部屋にある、落ち着けよなんて抜かしやがった。俺は怒鳴って答えたよ、モヤ、馬鹿も休み休み言え、お前と話してるんじゃない、弟にその汚らわしい脂デブを忘れて一緒に手分けして俺のカナダのパスポートを見つけ出すぞって言ってるんだ。俺はもう我を忘れてたよ、モヤ、見ものだったぜ、あんまり絶望してたもんだから、俺がカナダのパスポートを紛失したのを軽く見てるあのとんま二人組を力ずくで連れて行く寸前だった。ようやく弟が反応したんだ、モヤ、便所で落としたんじゃないかと訊いてきた。俺は奴に、もう排泄物まみれのトイレットペーパーの間もゲロと小便と精液の溜りの中も入念に探した、だが俺のカナダのパスポートはなかったと返した。そこで弟が、ディスコと酒場に行く前に車の中を探してみようと言った。俺は世界が崩れ落ちそうな気分だったよ、モヤ、カナダはエルサルバドルに大使館も領事館も置いてない、パスポートを失くしたらグアテマラまで行って、長ったらしい手続きをする羽目になってた、それで俺の滞在も無期限になってた。考えるだけで冷や汗が出るよ、モヤ。俺たちは一目散に飛び出して車内を捜索し、カーペットの上やら座席の下を撫でてみた。俺は錯乱の大渦の只中だったよ、モヤ、最悪の事態を想定してた。俺のカナダのパスポートは酒場かディスコかに落とした、新しいのを手に入れるのはとんでもなく厄介になるだろうとね、とベガは私に言った。汗が出て、手が震えてた、ヒステリーで爆発しそうだった。俺のカナダのパスポートは車の中じゃない、いますぐさっきいた二つの悪所に出発するんだと弟に怒鳴った。弟は自分に探させてくれと言ってきた、落ち着けよ、心配いらない、すぐにパスポートは見つかるからと。このとんまぶりだよ、モヤ、俺に向かって落ち着けだとさ。だが俺は脇に退いて奴が車の前の方を探せるようにしてやった、とベガは私に言った。俺は崩壊一歩手前だった、俺の神経はもう耐えられなかった、怒鳴り散らし蹴り散らす一歩手前だった、なにせ弟とあの黒んぼのせいで、あんな汚らわしいとんまどもと夜ヤりに行くなんて誘いに乗ったせいで俺のカナダのパスポートが紛失したんだから、崩壊一歩手前だったそのとき、弟が嬉しそうに大声を上げて言った。「あったぞ」。そこにあったのは、モヤ、俺にカナダのパスポートを差し出す弟の手だ、金物屋の黒んぼのその常軌を逸した情事の駄法螺に俺が眩暈を起こしたあの息の詰まるディスコから逃れようと車に乗ったとき知らないうちに落としてた俺のカナダのパスポートを持ったその手の先に広がる弟の間抜けな笑顔だ、とベガは私に言った。俺はその手からパスポートを引ったくり、ひとことも言わず、振り返って奴らに目を向けもせず、数メートル先に停まってたタクシーへと駆けた。俺は悪魔に追われるかのようにそこを脱出したよ、モヤ。弟の家の部屋に入ってベッドに潜り込み、自分のカナダのパスポートが枕の下に安全確実に保管されてると絶対的に確信するまでは、落ち着こうにも落ち着きようがなかった、とベガは私に言った。人生最悪の恐怖だよ、モヤ。タクシーに乗っている間でさえ俺は自分のカナダのパスポートをずっと握りしめ、めくってみては、この写真の男は俺、トーマス・ベルンハルト、三八年前にサンサルバドルと呼ばれる小汚い街で生まれたカナダ市民だと確認した。このことはまだ話してなかったもんな、モヤ。俺は国籍だけじゃなく名前も変えたんだ、とベガは私に言った。向こうじゃ俺はエドガルド・ベガじゃないんだ、モヤ、おまけに酷い名前だ、この名前で俺が思い出すことといえばラ・ベガ区、俺が青春時代に襲われた忌々しい地区、まだ存在しているかもわからないあのオンボロ地区だけだ。俺の名はトーマス・ベルンハルト、とベガは私に言った、俺が敬愛する、まあお前もこのクソ田舎の知ったかぶり連中も聞いたことのないだろう、オーストリアの作家から取った名前だ。

サン・ペドロ・デ・ロス・ピノス、メキシコシティ
一九九五年一二月三一日——一九九六年二月五日

作者付記

＊　二〇一八年刊行のランダムハウス版――「吐き気」が単独で収録されている――に作者が寄せたもの。二〇〇七年刊行のトゥスケッツ版にもほぼ同じ内容のものが収められている。（訳者）

二〇年と少しほど前、一九九七年の夏、私がグアテマラシティを訪ね、友人の詩人の家に泊まっていたところ、真夜中に電話が鳴った。母が、サンサルバドルから掛けてきたのだった。まだ動揺している彼女から、今しがた二回ほど電話があり、一人の男が凄んだ調子で、私が一週間前に刊行した短い小説の件で私を殺すと警告してきたと教えられた。突然の恐怖に口が渇き、血圧が跳ね上がったのを実感しつつ、私はなんとか彼女に、その男が名前を名乗ったか尋ねた。彼女は、いや名乗りはしなかった、だが脅迫は本気だったと答えた。彼女は怯えながら、この状況下でも予定どおり近日中に帰国するつもりかと訊いた。

そんな憎悪を呼び起こした小説が、今ここに再版される本書だ。私がこれを書いたのはその一年半前、メキシコシティで、オーストリアの作家トーマス・ベルンハルトを、リズムと反復に基づいたその散文においても、オーストリアとその文化への辛辣な批判を含んだその問題意識においても模倣してみようと試みた、文体練習としてだった。恨み骨髄で復讐に燃える人間ならではの喜びを覚えながら、私は本書の執筆を大いに満喫し、その中で、ベルンハルトがザルツブルクについてそうしたように、痛罵と物真似の快楽、噛み付いて高笑いする快感を覚えながら、サンサルバドルの文化的政治的破壊を企んだのだった。反応が、親しい人たちのそれさえもがこんな毒々しいものになろうとは、予想していなかった。作家仲間である友人の妻は、エドガルド・ベガがエルサルバドルの国民食ププサに関して悪罵を投げかけるのに腹を立て、この本を便所の窓から表に投げ捨てたのだった。

もちろん私はサンサルバドルには戻らなかった。国際通信社に勤める友人たちに電話して、脅迫のことを語り聞かせた。国内マスコミの事件報道はわずかにすぎなかったが、私が本の宣伝に脅迫をでっち上げた、サルマン・ラシュディの猿真似だなどとのたまうコラムニストには、やはり事欠かなかった。私はグアテマラ、メキシコ、スペインを渡り歩きながらジャーナリストとして生計を立て続けた。同僚の一人が、脅迫されたのは『プリメラ・プラナ』と関係があるかもしれないと述べた。私が編集長を務め、内戦終結直後の政治勢力諸派に批判的だった、儚い命脈（一九九四―一九九五）をたどった週刊新聞だ。さらに彼は、おそらく『吐き気』はコップの水を溢れされる決定的な一滴だったのだと言ってのけた。だが憶測を巡らせたところで何の役にも立たなかった。エルサルバドルはオーストリアではない。それに、最重要の国民的詩人ロケ・ダルトンが一九七五年、CIAの工作員の嫌疑で左翼の同志に殺されるような国においては、殉教者を気取る前に退散した方が身のためだった。

興味深いことに、『吐き気』は私と同じ運命を辿ることはなかった。脅迫や私自身の不在などどこ吹く風、この小著はエルサルバドルで勇気ある零細出版社により来る年も来る年も刊行され続け、運命のいたずらか、ある大学で授業に使われさえするに至った。ほどなくして多くの部数が近隣諸国へ飛び立った。一度ならず私は、グアテマラのアンティグア、コスタリカのサンホセ、あるいはメキシコシティのバーで、この本への賞賛を表明する人々に紹介され、それぞれの国の〈吐き気〉を、つまりその国民文化を痛烈にこき下ろすベルンハルト風小説を書いてくれないかと持ちかけられた。もちろん私は決まって弁解した。もう自分の仕事はやったと述べ、かしこまったまま、国によってはそれぞれの〈吐き気〉を書くのに必要なページ数が多すぎる、自分は中篇作家だからと告げるのだった。

脅迫から二年後、一九九九年の夏、私は家族に会うのといくつかの手続きのため、警戒しながらサンサルバドルに数日間戻った。レストランで、国際人権団体で働く古い知り合いの弁護士に出くわした。「こんなところで何してる？　殺されたいのか？」と彼は私に、愕然としてかブラックユーモアを込めてか判断しかねる仕草をして尋ねた。それに続く日々、私は様々な友人を訪ねたが、驚いたことに彼らは口を揃えて、お前は『吐き気』の第二部を書くべきだ、この国は史上最悪だと言うのだった。政治腐敗、組織犯罪、ギャング、生命の価値の喪失……

だが当時、私の文学的プロジェクトはそれとは別のものだった。『吐き気』によって私はすでに、改めて一つの事実を確認していた。自らの作品により金を得る作家もいれば名声を得る作家もいるが、ただ敵だけを獲得する作家もいる、と。エルサルバドルの革命左派の腐敗を扱った処女長篇『ディアスポラ』を出版してこのかた、私はこの最後のグループに属していたが、正直言ってそんな所に属するのにうんざりしていた。だが、ロベルト・ヴァルザーが編集者のカール・ゼーリッヒに言ったとおり、「お咎めなしに自らの祖国と対峙することはできない」。だから二〇年が経ち、様々な主題を扱った、何らの作家を模倣したのでもない九冊の長篇小説を発表したにもかかわらず、誰だかに頼まれたその続編を書いていないにもかかわらず、エルサルバドル人にとって私はただひたすら、『吐き気』の作者であり続けている。まるで烙印さながら、このささやかな模倣《イミテーション》小説とその帰結は私を付け回している。

訳者あとがき

国境を越えて読まれる小説作品を欠き、少なくとも物語文学に関しては空白地帯と思われてきた中米エルサルバドルから、一九九七年に突如放たれた問題作。それが『吐き気——サンサルバドルのトーマス・ベルンハルト』だ。この『吐き気』に加えさらに二つの短篇を収めた本書は、すでに『崩壊』(寺尾隆吉訳、現代企画室、二〇〇九年)および『無分別』(細野豊訳、白水社、二〇一二年)の二作で日本の読者にも知られるオラシオ・カステジャーノス・モヤの、初期から中期へと至る道のりを紹介する一冊である。以下訳者あとがきでは、作者の生涯に即しつつ各作品を収録順に解説してみたい。

「フランシスコ・オルメド殺害をめぐる変奏」が書かれたのは、一九八〇年に本格的に勃発したエルサルバドル内戦の終わり際、作者がメキシコに活動の拠点を定めていた時期に当たる。当地で彼はジャーナリズムで生計を立てながら創作を行い、すでにグアテマラで発表していた短篇集『ベルタちゃん、何座?』(一九八一)に続き、『逃亡者の横顔』(一九八七)および長篇『ディアスポラ』(一九八八)を上梓していた。一九九一年に著者は本格的にエルサルバドルへ帰還する。翌年の和平協定締結から間もない一九九三年、この作品はサンサルバドルのアルコイリス社刊行の短篇集『大自慰者』に収められた。

内戦終結間際の祖国に帰還し、そこでジャーナリズムに従事しつつ文学作品を発表するのは、きわめて野心的な試みと言える。事実彼は週刊新聞『プリメラ・プラナ』の立ち上げや雑誌『テンデンシアス』の編集に関わるばかりか、自ら筆を揮るい、書評やルポルタージュはおろか、フィクションの社会的効用や文化活動のためのインフラ整備を提言する評論までをも発表している——それらの評論はのちに、『不安の集計』(一九九三)に収められることになる。

己の筆によって荒廃した国民文化の変革に貢献するというこの現実参加の姿勢を理解するためには、一九八〇年代のラテンアメリカ、なかんずく中米において隆盛を見せたジャンル、証言文学《テスティモニオ》との関わりを踏まえる必要がある。元ゲリラ兵や虐殺の生存者など良くも悪くも政治的バイアスのかかった書き手により政治的バイアスのかかった読みが想定される証言文学は、争乱の当事者によって語られる事実自体の生々しさで目を惹くところはあったものの、いくつかの例外を除いては言語芸術としての自覚に乏しく、技法や想像力の行使という点であまりに素朴に留まる嫌いがあった。

イデオロギーに囚われた短絡的な二者択一に抗う批判的思考を、フィクションの力によって取り戻すこと。このような文脈に「フランシスコ・オルメド」を置いてみたとき、この短篇が描き出す景色も、いくばくか切実な響きを伴ってくるように思える。一つの事件を巡って諸説の飛び交うミステリー小説ばりの体裁ながらも最終的に見出されるのは、決定的な真相解明とは程遠い、各人が各人の生と夢想に埋没するシニシズムだ。

短篇の末尾でロメロ大司教暗殺への言及がなされるのは示唆的と言える。ここで名指されるサンサルバドル大司教オスカル・ロメロ（一九一七―一九八〇）は、ラテンアメリカが生んだ「解放の神学」に共鳴し、民衆の具体的救済や軍事政権による人権侵害の告発に力を注いだ人物である。社会がますます軍事政権側とゲリラ側の二極に分断され一触即発の様相を呈する中、融和へのかすかな希望を体現していたその彼が凶弾に倒れたことは、とりもなおさず両者の対立が本格的な衝突へと雪崩を打つ決定的な出来事にほかならなかった。このようにして一個人の崩壊を国のそれと重ね合わせることで、「フランシスコ・オルメド」は一国を覆う物理的精神的な荒廃に形を与え、その虚無感を見つめるよう仕向けるのである。

フォルムという点では、一つの事件をめぐり様々な異説や幻覚をもてあそぶ登場人物たち、濃密に意味の込められた形容句を塗り重ねるような独白、時折挟まれるアフォリズムめいた断言、語り手と登場人物の声を混ぜ合わせる自由間接話法といった書法は、作者が敬愛する数少ないラテンアメリカ作家の一人、ウルグアイのフアン・カルロス・オネッティを彷彿とさせるところがある。本書の出版に際しオラシオ本人にその点をメールで指摘したところ、返ってきた答えは、この短篇は「オネッティへの間接的なオマージュと言っていい」とさらに踏み込んだものだった。いずれにせよ本作は、単なる技法的模索を超え、ロベルト・ボラーニョに「現代ラテンアメリカ小説集なるものが編まれるとしたら必ず入れられてしかるべきテクスト」と言わしめる域に達している。

「過ぎし嵐の苦痛ゆえに」は、先に述べた雑誌『テンデンシアス』の出版部門から一九九五年に刊行された同名の短篇集に収められた作品である。やはり一つの事件――こちらの場合は自殺――をめぐるミステリーの体裁を取っているが、この場合も主眼は真相の解明にはないのは明らかで、歴史の淀みに嵌まり込んだ一人の男の叫びが、陰謀を疑う第三者の思惑によりただひたすら歪められていき、無辜の市民もが暴力の渦に巻き込まれていく。強烈な印象を残すのは、身の危険を前に生き延びようと狂乱の体で遮二無二もがくバーテンダーの声と、そこに絡みつく無数の声だ。出来る仕事人らしく必要以上に客に立ち入ることのない当初の姿からのこの変貌が、「フランシスコ・オルメド」にはまだ仄見えるだけだった生存劇の側面を物語に付け加え、緊張溢れるスピード感を与えている。

そしてこの「シニシズムからサバイバルへ」という流れの上に、カステジャーノス・モヤ最大の問題作、『吐き気』は位置している。

『吐き気――サンサルバドルのトーマス・ベルンハルト』執筆の経緯と、作者の亡命をも含むその反響については、本書収録の作者付記が多くを語ってくれている。ここではそれに加えて、このかくも冒瀆的な作品が執筆された背景を踏まえつつ解説しておこう。

九六年には長篇『蛇とのダンス』を刊行したものの、フィクションを通して新しい国民文化を創出するといった楽観性は、すでに作家からは失われていたに違いない。七万五千人の死者と一〇〇万人近い亡命者を出した長年の内戦により国内産業は崩壊し、武装解除された政府軍側・ゲリラ側双方の復員者は職にあぶれ、犯罪による年間死者数が内戦時を上回る社会で、文学よる批判的思考などは余計な雑音に過ぎず、野心を胸に携わった自身のジャーナリズム活動もあっという間に頓挫した。『吐き気』は何よりも、かような幻滅の産物にほかならない。

幻滅にいかなる芸術的形式を与えるか。幻滅からいかにして芸術作品を生み出すか。この問題意識に共鳴したのが、副題にも記されたトーマス・ベルンハルトであることは言を俟たない。『吐き気』は何よりも、祖国への激越な呪詛で知られるこのオーストリア人作家に身をやつして書かれた文体模写の試みであり、その特徴はベルンハルト作品のそれにほかならない——冒頭から終結まで一度の改行もない構成、リズミカルな反復に満ちた息の長いセンテンス、所々で挿入される「……とベガは私に言った」という伝聞を示す句、そしてオーストリアに代わりエルサルバドルに関するありとあらゆる物事を罵倒し尽くすその口吻。中心人物が見せる精神錯乱の徴候も、実にベルンハルト的だ。

良識ある読者の平安をかき乱さずにはいないこのような書法の射程は、表層的な言語遊戯をはるかに超えている。エルサルバドル的なものに一切の価値を認めないエドガルド・ベガの告白がただのシニシズムに終わっていないことは、それを最後まで聞き届けた読者には感得されるはずだ。確かに『吐き気』は、内容においても語りにおいても文字どおりトーマス・ベルンハルトと化した男の、その変貌をめぐる証言ではある。が、だとしたら、その彼を前に冒頭から絶えず「ベガ」と呼んでやまないモヤ、作者自身を彷彿とさせるこの聞き手にして語り手は、一体何を狙っているのか。本文中一言も口を挟むことなくベガの話を聞き続ける彼の存在は、ベガが時折挟む「モヤ」の呼びかけがなければ消え去ってしまう、吹けば飛んでしまうような代物だろうか。むしろ滔々と否認の言説をまくしたてる相手をじっと見据え、昔の名前で同定し続けるこの旧友の視線は、目覚ましい生存本能を発揮し汚濁の中であがき回るベガの姿を、「過ぎし嵐」のバーテンダーとも通底する、いま一人のエルサルバドル人として浮かび上がらせてはいないか。

ここでエドガルド・ベガは、カステジャーノス・モヤ作品の典型的な登場人物、暴力の渦巻く世界をなりふり構わず生き抜く中米人たちの一員と化す。ベガの口からフランシスコ・オルメド殺害事件が語られることからもわかるように、カステジャーノス・モヤの作品は登場人物が複数の作品にまたがり姿を現す一つの大きな物語世界を形成している――ちなみに「過ぎ去りし嵐」で錯乱した私立探偵ぶりを見せるペペ・ピンドンガもまた、この頃のオラシオ作品の常連である――。彼らの生の苛烈さは性別や階級を超え、その声を読者の耳にこびり付かせる。『無分別』の無名の語り手や『崩壊』のレナ夫人は、その好例だろう。一作品としての『吐き気』の達成を見出そうとするならば、それはパスティーシュという特異な型態をも自らの物語世界に組み込んでみせる、そのオブセッションの徹底ぶりにあるのではないか。

いずれにせよ、読者にはまず何よりもテクストの言葉に向き合っていただければと思う。嫌悪、歪んだ笑み、哄笑、カタルシス、悪寒。おそらくどれももっともな反応だ。そんな真っ当な反応が読者の精神の健康に資するところがあれば、訳者として本望である。

その際、誇張とブラックユーモアに満ちたベガの罵詈雑言を文字通り受け取るいわれはない。解毒剤代わりに、実在の健全な読者の例を引いておこう。「バスター・キートンの映画や時限爆弾にも似た彼の辛辣なユーモアは、愚者のホルモンバランスを脅かす。彼らはその本を読むや、作者を公の広場で絞め殺してやろうといてもたってもいられなくなるのだ。正味の話、真の作家にとってのこれ以上の名誉を私は他に思いつかない」と『吐き気』を絶賛したロベルト・ボラーニョのことだ。作者に宛てた私信で、『吐き気』の中でひとつだけ「絶対に」同意できないことがあると述べたボラーニョは、一九七三年のエルサルバドル滞在の折にププサを「大いに気に入り、至る所でいくつも食べた」と、ベガの罵倒した「ギトギト豚ミンチ炒入りトルティーヤ」を断固擁護している。

エルサルバドル文学に関するベガの意見も、距離を取って見つめておこう。例えば作中で扱き下ろされる詩人ロケ・ダルトンが、カステジャーノス・モヤの裡に深い爪痕を残していることは疑いえない。「フランシスコ・オルメドド」で語り手がふと口にする詩の一節はダルトン「居酒屋」のそれにほかならないし、評論等ではユーモアとポリフォニーに満ちたその詩作品を幾度となく論じている。それればかりかとあるインタビューでは、『吐き気』をめぐり、「あらゆる作家の務めは、祖国を創造的に憎むこと」というダルトンの言葉を引き合いに出している。惨劇が起こるたびに新聞の国際面を飾るだけの存在を超え、エルサルバドルを恒久的に、つまり文学として存在させること。それを実現させた「創造的な憎悪」は、ダルトンの賜物以外の何物でもない。

以降の著者の歩みについては日本の読者にも幾分か知られているが、その物語世界全体に展望を与える意味も込め、以下まとめておこう。

『吐き気』でも言及されたトラバニーノ夫人殺害事件をその親友の立場から語った『鏡の中の女悪魔』（一九九九）がロムロ・ガジェゴス賞の最終候補となったことで、カステジャーノス・モヤの名はさらに広く知られることとなるが、続く『男の武器』（二〇〇二）ではその殺害の実行犯「ロボコップ」の証言を通じ、その作品世界を拡大していく。『お前たちのいない所で』（二〇〇三）はやはり同じ事件に言及しつつも物語の中心に元外交官アルベルト・アラゴンの最後の日々を据え、これ以降作品世界の重心はアラゴン家のサーガへと移っていく。

再びベルンハルト風の独白を展開した『無分別』、および短篇集『無気力』（ともに二〇〇四）を経て、『崩壊』（二〇〇六）ではホンジュラスとエルサルバドルの二国を舞台とし、ある一家のおよそ三〇年にわたる愛憎劇が展開されるが、ここでいわば端役として登場するクレメンテ・アラゴンは、先のアルベルトの兄である。『崩壊』で殺されるクレメンテの肖像は、次作『荒ぶる記憶』（二〇〇八）でさらに陰影を増す。一九四四年、〈呪《まじな》い師〉と呼ばれる独裁者に抵抗する人々の姿をクレメンテの母アイデの日記を通して描き出しつつ、反政府蜂起に失敗したクレメンテの逃亡劇を絡ませるこの大作の筋立ては、ラテンアメリカ文学に通じた読者ならば、いわゆる独裁者小説を予想せずにはいられない――事実、〈呪《まじな》い師〉のモデルとなったマクシミリアーノ・エルナンデス・マルティネスは、ガルシア・マルケス『族長の秋』の族長のモデルでもあった――。しかしながら『荒ぶる記憶』は、かような期待をはぐらかしつつ、あらゆる人々を苛む記憶それ自体の暴虐を読者に突き付ける。

その後も、内戦前夜の緊迫した情勢の中で様々な運命が衝突する悲劇をスピード感溢れる文体で描き出す『女中とレスラー』（二〇一二）、『崩壊』ではまだ赤ん坊だったクレメンテの息子エラスモ・アラゴンのメキシコ生活が息の長いモノローグで語られる『帰還の夢』（二〇一三）と作品を発表し続けながら作家は、暴力とトラウマのサーガに様々な声を重ねていく。

それらの声が一堂に会するのが、最新作『モロンガ』（二〇一八）だ。アメリカ合衆国を舞台とし、いくつもの名前を渡り歩くホセ・セレドンと、今度はロケ・ダルトン殺害の真相を探るべく大学の客員教授として調査を行うエラスモ・アラゴンの二人を主人公に据えた『モロンガ』では、医療ビジネスや養子縁組、ネットドラマ、ポルノグラフィ、ポリティカル・コレクトネスといったアメリカ文明への呵責なき批評が、中米のギャング〈マラス〉など、より現代の暴力とも絡んだ極めてスリリングな物語と両立している。そんな新境地を伺わせる本作にもやはり、著者の紛うことなき刻印さながら、内戦を始めとしたエルサルバドルの暴力の記憶や家族をめぐる精神的苦闘が、生々しい傷口を広げる。

その間、過去の短篇をまとめた『過ぎ去りし嵐の苦痛ゆえに――ほぼ全短篇集』（二〇〇九）、評論集『恥知らずの寸言』（二〇一〇）、『番犬の変身』（二〇一一）、半年間の東京滞在中に書き留めた備忘録より構成された『東京ノート――三軒茶屋のカラスたち』（二〇一五）、これに米国アイオワシティでの生活に基づく備忘録を加え合本とした『ガラス窓の向こうで犬が老いる』（二〇一九）を発表。二〇一四年にはその著作活動全体に対し、チリ政府よりマヌエル・ロハス賞を授与されている。現在も新作を執筆中とのことで、その物語世界は今後さらに拡大していくことだろう。

＊

訳者がオラシオ・カステジャーノス・モヤの名を知ったのは二〇〇六年、メキシコ留学中の頃にさかのぼる。ラテンアメリカ文学の授業で扱う予定の作品リストの中にあった『吐き気――サンサルバドルのトーマス・ベルンハルト』というタイトルに、目を奪われた。それまで人生で無縁だった地名とあのベルンハルトの名前との組合せが異様に気になって、その日以来目についた新刊書店、古書店、図書館の棚に逐一目を走らせては彼の著作を探し求め、コピーも含めあらかたの作品を入手した――ほとんど伝説と化していた『吐き気』を除いて。実際の『吐き気』を読むには、すでに帰国後、ベネズエラの作家エドノディオ・キンテロが故国で入手してくれた、カシオペアなるバルセロナの小出版社より刊行された『吐き気――三篇の暴力小説』（二〇〇〇）という書物を寺尾隆吉氏より借り受けるまで、待たねばならなかった（その後ほどなく、トゥスケッツ社により『吐き気』の再版が実現している）。

現在では単体で出版されるのが常の『吐き気』に加え、二つの短篇を収録するという本書のアイディアは、そのカシオペア版の構成に基づくものである。ただし翻訳の底本は、その刊行後ほどなくして倒産した同社の版ではなく、「フランシスコ・オルメド」および「過ぎし嵐」は前述の「ほぼ」短篇全集（*Con la congoja de la pasada tormenta. Casi todos los cuentos*. Barcelona: Tusquets, 2009）、『吐き気』および「作者付記」はランダムハウス社による最新版（*El asco. Thomas Bernhard en San Salvador*. Barcelona: Literatura Random House, 2018）に拠った。カシオペア版から拝借したのは、あくまでも三作の組合せのアイディアのみである点に留意されたい。『吐き気』に関しては英訳（*Revulsion: Thomas Bernhard in San Salvador*. New York: New Directions, 2016）も参照した。また「過ぎし嵐」のエピグラフに掲げられた『ドン・キホーテ』前篇第一七章の引用は、牛島信明による岩波文庫版を参照しつつ、作品の言葉に合わせ訳を改めた。

三篇の選定に特段の意味はなかったとオラシオは訳者へのメールで語っているが、この三篇を改めて並べて読んでみると、私たちの知るカステジャーノス・モヤがカステジャーノス・モヤになる過程が伺えるようで、極めて興味深い。さらに、個々の作品を超えて広がる彼の物語世界をもコンパクトながら実感できる。この構成が日本語版読者に功を奏することを、祈る次第である。

翻訳に際し、オラシオ本人には幾度もメールでの質問に答えてもらい、テクストの疑問点や作品の執筆・出版に関わる諸々の背景事情について説明を受けるという、これ以上ないサポートに恵まれた。彼とは二〇〇九年、国際交流基金の招聘で来日したのを迎えに行った成田空港で知遇を得た。その晩彼を囲んで歓迎する居酒屋の席で、敬愛する作家が目の前で日本酒を飲んでいるという事実がいつまで経っても奇妙に感じられたのを覚えている。彼の半年間の滞在中、様々な機会で盃と言葉を交わしたばかりか、このような形で協力してもらえたことには、ひたぶるに感謝するほかない。本書がオラシオにとって、少しでも満足のいくものになっていることを願う。

『崩壊』の訳者でもある寺尾隆吉氏とは、オラシオ作品への驚嘆をいち早く共有してきた。その氏が監修を手掛ける〈フィクションのエル・ドラード〉に本書を収めることができ、感慨もひとしおである。エルサルバドルの土地や風物については、中米事情に精通する駒澤大学専任講師の笛田千容氏に教えを乞う僥倖を得た。慶應義塾大学大学院の吉川利黎氏にも、訳語に関し貴重な助言を頂いた。またあまりにも膨大になってしまうため名を挙げることは控えるが、オラシオをめぐる訳者のとりとめのない話に耳を傾けてくださった多くの方々の存在なくしては、本書の完成には漕ぎつけなかった。先に記した方々ともども、深く御礼申し上げる。

このあとがきをしたためている現在、全世界がかつてない規模のパンデミックに直面している。日常風景を決定的に書き換えてしまいかねない先行き不透明な状況の下、編集に専心してくださった井戸亮氏には大いに励まされた。心より敬意と感謝を捧げる。

二〇二〇年四月三〇日

浜田和範

著者／訳者について

オラシオ・カステジャーノス・モヤ

Horacio Castellanos Moya

一九五七年、ホンジュラスのテグシガルパに生まれる。
父はエルサルバドル人、母はホンジュラス人。
一九七九年、内戦前夜のエルサルバドルを離れトロントに亡命。
以後中米諸国を転々とするも最終的にメキシコに落ち着き、
ジャーナリストとして働きながら
最初の長篇『ディアスポラ』（一九八八）を発表。
一九九一年、内戦終結直前のエルサルバドルに帰還し、
やはりジャーナリズムと創作に従事するが、
『吐き気――サンサルバドルのトーマス・ベルンハルト』（一九九七）により
死の脅迫を受け亡命を余儀なくされる。
ラテンアメリカやヨーロッパ諸国を転々としたのち
フランクフルト、ピッツバーグ、東京での滞在を経て、
現在、アイオワ大学教授。
本書の他の代表作として、
『蛇とのダンス』（一九九六）、『無分別』（二〇〇四）、
『崩壊』（二〇〇六）、『荒ぶる記憶』（二〇〇八）、
『モロンガ』（二〇一八）などがある。

浜田和範《はまだかずのり》

一九八〇年、東京都に生まれる。
東京大学大学院総合文化研究科博士後期課程単位取得満期退学。
現在、慶應義塾大学ほか非常勤講師。
専攻は現代ラテンアメリカ文学。
主な著書には、
『抵抗と亡命のスペイン語作家たち』
（共著、洛北出版、二〇一三年）、
主な訳書には、
フェリスベルト・エルナンデス『案内係』
（水声社、二〇一九年）
がある。

Horacio CASTELLANOS MOYA, El asco y otros relatos violentos.
Este libro se publica en el marco de la "Colección Eldorado", coordinada por Ryukichi Terao.

フィクションのエル・ドラード

吐き気

二〇二〇年六月二〇日　第一版第一刷印刷
二〇二〇年六月三〇日　第一版第一刷発行

著者　オラシオ・カステジャーノス・モヤ
訳者　浜田和範
発行者　鈴木宏
発行所　株式会社 水声社
東京都文京区小石川二―七―五　郵便番号一一二―〇〇〇二
電話〇三―三八一八―六〇四〇　FAX〇三―三八一八―二四三七
［編集部］横浜市港北区新吉田東一―七七―一七　郵便番号二二三―〇〇五八
電話〇四五―七一七―五三五六　FAX〇四五―七一七―五三五七
郵便振替〇〇一八〇―四―六五四一〇〇
http://www.suiseisha.net
印刷・製本　モリモト印刷
装幀　宗利淳一デザイン

ISBN978-4-8010-0503-7
乱丁・落丁本はお取り替えいたします。

フィクションのエル・ドラード

襲撃	レイナルド・アレナス　山辺 弦訳	二二〇〇円
気まぐれニンフ	ギジェルモ・カブレラ・インファンテ　山辺 弦訳	三〇〇〇円
バロック協奏曲	アレホ・カルペンティエール　鼓 直訳	一八〇〇円
時との戦い	アレホ・カルペンティエール　鼓 直／寺尾隆吉訳	二二〇〇円
方法異説	アレホ・カルペンティエール　寺尾隆吉訳	二八〇〇円
吐き気	オラシオ・カステジャーノス・モヤ　浜田和範訳	二二〇〇円
対岸	フリオ・コルタサル　寺尾隆吉訳	二〇〇〇円
八面体	フリオ・コルタサル　寺尾隆吉訳	二二〇〇円
境界なき土地	ホセ・ドノソ　寺尾隆吉訳	二〇〇〇円
ロリア侯爵夫人の失踪	ホセ・ドノソ　寺尾隆吉訳	二〇〇〇円

夜のみだらな鳥	ホセ・ドノソ　鼓 直訳	三五〇〇円
ガラスの国境	カルロス・フエンテス　寺尾隆吉訳	三〇〇〇円
案内係	フェリスベルト・エルナンデス　浜田和範訳	二八〇〇円
ライオンを殺せ	ホルヘ・イバルグエンゴイティア　寺尾隆吉訳	二五〇〇円
場所	マリオ・レブレーロ　寺尾隆吉訳	二三〇〇円
別れ	ファン・カルロス・オネッティ　寺尾隆吉訳	二〇〇〇円
犬を愛した男	レオナルド・パドゥーラ　寺尾隆吉訳	四〇〇〇円
帝国の動向	フェルナンド・デル・パソ　寺尾隆吉訳	（近刊）
人工呼吸	リカルド・ピグリア　大西 亮訳	二八〇〇円
圧力とダイヤモンド	ビルヒリオ・ピニェーラ　山辺 弦訳	二三〇〇円
レオノーラ	エレナ・ポニアトウスカ　富田広樹訳	（近刊）
ただ影だけ	セルヒオ・ラミレス　寺尾隆吉訳	二八〇〇円
孤児	ファン・ホセ・サエール　寺尾隆吉訳	二二〇〇円
傷痕	ファン・ホセ・サエール　大西 亮訳	二八〇〇円
マイタの物語	マリオ・バルガス・ジョサ　寺尾隆吉訳	二八〇〇円
コスタグアナ秘史	ファン・ガブリエル・バスケス　久野量一訳	二八〇〇円
証人	ファン・ビジョーロ　山辺 弦訳	（近刊）